Stine Pilgaard

Meine Mutter sagt

Roman

Aus dem Dänischen
von Hinrich Schmidt-Henkel

kanon verlag

Die Originalausgabe erschien erstmals 2012
unter dem Titel *Min mor siger*
bei Samleren, Kopenhagen.

ISBN 978-3-98568-031-3

1. Auflage 2022

Published by agreement with Winje Agency AS, Norway
Umschlaggestaltung: Anke Fesel / bobsairport
Unter Verwendung eines Gemäldes von Louis Gurlitt,
»*Liegender Baumstamm mit Wildpflanzen*«, um 1834, Privatbesitz
Herstellung: Daniel Klotz / Die Lettertypen
Satz: Marco Stölk
Druck und Bindung: Pustet, Regensburg
Printed in Germany

www.kanon-verlag.de

Stine Pilgaard

Meine Mutter sagt

Erster Teil

In dem eine junge Frau viel telefoniert und im Pfarrhof ihres Vaters Zuflucht sucht, als sie entdeckt, dass sie eine enge Verwandte der Seepferdchen ist.

Meine Mutter findet, da ich jetzt Urlaub habe, sollte ich in ihr Sommerhaus kommen. Egal, wo im Lande man sich gerade aufhält, nach Amtoft kommt man gar nicht so ohne Weiteres. Man muss erst den Zug nehmen, dann den Bus, dann mehrfach umsteigen, und die Linien verkehren jeweils nur zweimal am Tag. Ich hasse blaue Busse, sage ich. Hass ist ein starkes Wort, sagt meine Mutter. Ich sage, wenn man in den Ferien und zu Feiertagen Kontakt mit der Familie pflegen will, ist es schwachsinnig, sich ein Ferienhaus im Amtoft anzuschaffen. Sie redet über den Limfjord und die friedliche Natur. Ich sage, die Taschenkrebse im Limfjord sind eigentlich als die aggressivsten von ganz Dänemark bekannt. Meine Mutter nennt mich Schätzchen und findet, ich soll nicht so negativ sein. Ich sage, ich gebe ja nur Informationen über schlechte Busverbindungen und dänische Kriechtiere weiter. Schalentiere, ruft der Mann meiner Mutter im Hintergrund. Ich sage, Taschenkrebse kriechen schließlich und schalen nicht, außerdem ist meine Liebste Tierpflegerin, also weiß ich das wohl besser. Aber sie trainiert Seelöwen, keine Taschenkrebse, sagt meine Mutter. Ich mache mir eine Zigarette an. Meine Mutter sagt, im Internet gibt es etwas namens Routenplaner, da sollte ich wirklich mal nach Verbindungen schauen. Ich sage, was ein Routenplaner ist, weiß ich selbst. Sie buchstabiert ihn. Ich sage, Routenplaner kann ich selbst buchstabieren. Dot dk, ruft ihr Mann. D-o-t, buchstabiert meine Mutter. Ich atme tief durch. Meine Mutter fürchtet, ich werde nie nach Amtoft durchfinden, sie redet über meinen Orientierungssinn. Wie kann man nur eine so miserable Orientierung haben. Ich frage, ob ich in ihren Augen überhaupt in etwas gut bin. Jetzt sagt sie, dass ich mit eineinhalb Jahren schon vollkommen fehlerlos sprechen konnte. Dass ich erst kurz vor drei richtig laufen konnte, stehe auf einem anderen Blatt. Bisschen peinlich in der Müttergruppe, aber man liebt ja seine Kinder, egal wie, sagt meine Mutter. Die Gesundheitsberaterin hatte noch nie ein motorisch derart unbegabtes Kind gesehen, sagt sie. Eine Zeit lang hielt sie mich regelrecht für entwicklungsgestört. Ich sage nichts. Nun ist es keine Schande, wenn man ein bisschen zurückgeblieben ist, also rein motorisch, sagt meine Mutter, und heute kannst du ja ohne Probleme laufen, denk mal an Leute, die an Muskelschwund leiden. Die kriegen wenigstens Förderung aus Benefizkonzerten, sage ich. Meine Mutter sagt, sie liest gerade einen großartigen Thriller. Klingt ja spannend, sage ich. Meine Mutter sagt, ich bin ein Snob, ein richtiger Snob, aber wenn ich unbedingt so elitär sein will, sollte ich mal aufhören, *Shu-bi-dua* zu hören. Man muss konsequent sein. Ich sage, ich sollte mich wohl besser aus Amtoft fernhalten. Jetzt hör schon auf, Schätzchen, lacht sie. Sie habe gedacht, wir könnten ihren Sechzigsten planen, das würde doch sicher Spaß machen. Sie redet über Einladungen und Sitzplan und Blumenschmuck. Bis dahin ist es fast noch ein Jahr, sage ich. Zehneinhalb Monate, sagt meine Mutter. Länger als von Empfängnis bis Geburt, sage ich, das werden wir schon schaffen. Du bist genau wie dein Vater, sagt meine Mutter, alles immer im letzten Moment. Ich soll anrufen, sobald ich in Aalborg bin, damit sie weiß, mit welchem Zug ich komme. Ich sage, ich bin ein Jahr lang durch Indien gereist, allein, da sollte ich das wohl schaffen. Sie sagt, man könne Indien und Amtoft in dieser Hinsicht nicht vergleichen. Ich sage, da hat sie möglicherweise recht. Mütter haben in der Regel immer recht, sagt meine Mutter.

Als ich die Tür hinter mir zuknalle, schreie ich, dass sie dabei ist, den Fehler ihres Lebens zu begehen. Mag schon sein, sagt sie, aber das ist jetzt so, nichts mehr zu machen. Es gibt immer noch was zu machen, sage ich. Ich habe keine Lust, etwas zu machen, sagt sie, ich bin nicht froh. Man kann auch nicht unablässig froh sein, das Elend ist eine Grundtatsache des Lebens, rufe ich, hast du denn nie Camus gelesen. Sie redet davon, dass wir uns an verschiedenen Stellen im Leben befinden. Ich sage, wir sind an genau derselben Stelle, ich stehe in ihrem Wohnzimmer, direkt vor ihr, sie soll aufhören mit diesen ewigen Ortsmetaphern. Vergiss nicht zu atmen, sagt sie und hält mir mein Asthmaspray hin. Ich frage, ob es ums Kinderkriegen geht. Irgendwie schon, sagt sie. Okay, sage ich, in Ordnung, dann kriegen wir eben ein Kind. Ich breite resigniert die Arme aus und wische eine Topfpflanze zu Boden. Jetzt hat der Topf einen Sprung. Patina, sage ich, das ist derzeit sehr in Mode, die Sachen brauchen nicht immer eine makellose Oberfläche zu haben, rustikal ist besser. Sie kehrt die Erde zusammen und sagt, ich sei nicht bereit, Kinder zu kriegen. Im Gegenteil, ich fühle mich total bereit, ich höre laut meine biologische Uhr ticken, sage ich. Sie sagt, das ist es nicht nur, es geht auch um den Altersunterschied zwischen uns. Herrgott, sage ich, die zehn Jährchen, das ist nichts Neues, das kann hundertmal schlimmer sein, ich könnte jede Menge Fälle aufzählen, Emmanuel Macron und seine Brigitte, Josef und die Jungfrau Maria, ich könnte stundenlang weitermachen, sage ich, weil mir sonst niemand mehr einfällt. Hier geht es aber um uns, sagt sie. Ulrik Wilbek hat ein Buch geschrieben mit dem Titel *Unterschiede machen stark*, sage ich. Sie sagt, in dem geht es um Handball, nicht um Paarbeziehungen. Teamwork ist Teamwork, sage ich. Halt den Mund, sagt sie. Ich frage sie, seit wann sie denn angefangen hat, solche Grenzen zu setzen. Sie sagt nichts mehr.

Ich sitze im Wohnzimmer meines Vaters. Ich schaue zu der Kirche hinüber, wo er arbeitet. Als er nach Hause kommt, wirkt er erschöpft. Es wäre ihm lieber, wenn die Mitternachtsgottesdienste zu einer anderen Uhrzeit anfingen, sagt er. Ich habe eine LP von Pink Floyd aufgelegt. Hey you, would you help me to carry the stone, open your heart, I'm coming home, singe ich, die Hände als Trichter vor dem Mund. Mein Vater tätschelt mir den Kopf und dreht die Musik etwas lauter. Ich sage, sie muss bei mir bleiben, ich bin nicht der Typ, den man verlässt. Mein Vater brummt etwas, er setzt sich auf den Stuhl mir gegenüber. Er sieht sich im Wohnzimmer um. Da stehen ein paar schwarze Säcke mit meinem Zeug drin, und ich habe ein Plakat mit Karen Blixen aufgehängt, an der Stelle, wo sonst immer der Asger Jorn gehangen hat. Mein Vater macht eine Flasche Wein auf und stellt zwei Gläser auf den Tisch. Ich sage, die hat doch verflucht noch mal keine Ahnung von Qualität oder Frauen oder von was auch immer. Er schaut erschrocken drein, wie einer, der denkt, o nein, sie wird doch nicht weinen, und nimmt ein Kartenspiel. Er räuspert sich, ich soll es als Chance sehen, etwas zu tun, das ich bisher nicht habe tun können. Ich sage, dann will ich eine Junkiebraut in Berlin sein und ein Buch über Elend und Schmerzen schreiben, wie

Christiane F. Er teilt jedem von uns beiden sieben Karten aus und schreibt unsere Namen auf ein Stück Papier. So, sagt mein Vater, jetzt spielen wir Fünfhundert. Ich sage, wenn das so ist, kann ich auch rausgehen und mich in irgendeinem Fluss ertränken. Das kann ihr dann eine Lehre sein. Er sagt, der Tod durch Ertrinken soll der allerschlimmste sein, und gewinnt in der zweiten Runde, aber das ist keine Kunst, wenn man drei Joker hat. Ich starre wütend auf seinen Trumpf. Er gießt mir Rotwein nach. Mein Vater sagt, alles hat ein Ende. Ich trinke den Rotwein mit drei Schlucken aus und sage schlimme Dinge über Frauen, während ich Karten verteile, und er stimmt mir in meinen Betrachtungen zu. Diesmal gewinnt er erst nach drei Runden, ich habe schon hundertfünfunddreißig Minuspunkte. Mein Vater schaut etwas furchtsam drein. Er redet über Strategien und davon, etwas zu wagen, und von der Wichtigkeit, nicht einfach nur tatenlos auf eine bestimmte Karte zu warten. Ich sehe aus dem Fenster. Er mischt die Karten neu und sagt, es geht ihm nicht darum, mir Ratschläge zu geben. Also über Beziehungen. Er redet über Prioritäten und Kompromisse und dass man einander nicht für garantiert nehmen sollte. Ich mache darauf aufmerksam, dass er dreimal verheiratet war. Das war Thomas Hansen Kingo auch, sagt mein Vater. Er hört sich selbst ganz gerührt zu, wie er über spontane Waldspaziergänge redet, über kleine Aufmerksamkeiten im Alltag und Offenheit, das ist das Wichtigste, sagt mein Vater, Offenheit. Ich nicke, während er zum dritten Mal gewinnt, seine mitleidige Miene ist das Schlimmste. Er macht mir eine Zigarette an und gießt mir Wein nach. Hast du auch ein paar Oblaten dazu, frage ich. Ich blicke zu den Umzugskartons, die im Wohnzimmer gestapelt stehen. Er redet über das Jungsein, sagt, auch seine Konfirmanden kommen ihm entwurzelt vor. Tine Bryld, die Radiotante mit ihrer Ratgebersendung für junge Menschen, erfüllt ihn geradezu physisch, auf eine Weise, die mich nervös macht. Ich lege mein Gesicht in meine Hände. Er streichelt mir die Haare, und ich fühle mich wie ein Hund. Einer von denen mit diesen melancholischen Augen, einer aus der Marmeladenreklame von *Die alte Fabrik*. Ich hebe den Kopf und frage ihn, was für ein Hund ich wäre, wenn ich ein Hund wäre. Er blickt verwirrt drein und sagt, ich sei ja keiner. Ich sage, bei so was kann man nie wissen, und er nickt, ich wäre wahrscheinlich ein Labrador. Ich kann ihm ansehen, dass ich fragen soll, warum. Warum, frage ich. Weil das mein Lieblingshund ist, lächelt er. Ich nehme an, dass das irgendwie eine Art von Kompliment ist, und der Labrador trottet aus dem Wohnzimmer, gefolgt von Tine Bryld, jetzt sind wir wieder allein. Ich sage, alles, was ich anfasse, geht kaputt. Er blickt erschrocken auf das Rotweinglas in meiner Hand. Er ist wirklich ein guter Vater, ich überlege laut, ob der Staat ihm ein Gehalt zahlt, um mich zu ertragen, ob es für solche besonders beanspruchten Elternpaare einen Härtezuschlag gibt. Er sagt, so funktioniert das nicht, man liebt seine Kinder immer. Er summt ein Liedchen und sieht mich erwartungsvoll an. Ich erkenne ein paar Melodiefetzen aus dem *Lied des alten Gärtners*, irgendwas von wegen, man soll Licht und Freude reinlassen.

Meine Mutter ist eben aus ihrem Sommerhaus zurückgekommen. Jetzt will sie mir eine Diashow zu Amtoft zeigen. Ich weiß schon, wie es in deinem Sommerhaus aussieht, sage ich. Hier sitze ich im Garten, meine Mutter deutet auf ein Bild. Ach tatsächlich, sage ich. Hier grillen wir am Strand, sagt meine Mutter. Auf dem Bild wendet ihr Mann lächelnd ein Steak. Aha, sage ich. Irgendwas stimmt nicht, sagt meine Mutter, das kann ich dir anhören. Ich schüttele den Kopf. Eine Mutter merkt alles, sagt meine Mutter. Ihre Augen glänzen, sie sieht aus wie ein Detektiv kurz vor der Aufklärung eines Mordes. Ich bin für Beziehungen einfach nicht so gut geeignet, sage ich langsam. Meine Mutter sagt, typisch Einzelkind, vielleicht hast du ja früher zu viel Aufmerksamkeit bekommen. Na ja, sage ich. Sie streichelt mir die Wange. Ich bin in den Pfarrhof gezogen, sage ich. Bist du sehr unglücklich, fragt sie. Ich nicke. Jetzt sieht meine Mutter auch unglücklich aus. Kannst du nicht mit deinem Hausarzt sprechen, fragt sie. Der kann ihr wahrscheinlich auch nicht begreiflich machen, dass sie die Frau meines Lebens ist, sage ich. Meine Mutter fragt, ob ich zur Fatalistin geworden bin, sie sagt, die einzig Richtige gibt es nicht. Das ist ein soziales Konstrukt, sagt sie und meint, das brauchen die Filmindustrie und Interflora eben zum Überleben. Meine Mutter rechnet aus, mit wie vielen Einwohnern Dänemarks ich potenziell eine Beziehung eingehen könnte. Sie dividiert die Anzahl meiner Beziehungen durch die Lebensjahre, seit ich sexuell aktiv bin. Ungefähr 1,5 pro Jahr, sagt sie, wenn man die Araberin mitrechnet. Da ist noch jede Menge übrig, sagt meine Mutter. Sie nennt Leute aus meinem Bekanntenkreis, Freundinnen und Freunde, über die sie mich hat reden hören, und schlägt auch ein paar Promis vor, die ihr geeignet erscheinen. Sie fand Prinz William immer so ansprechend. Der hat gerade geheiratet, sage ich. Ach, Kate, das ist doch eine Eintagsfliege, sagt meine Mutter, die ist schnell wieder vergessen. Ich sage, ich weigere mich darüber zu diskutieren, warum ich nicht mit Prinz William verheiratet bin. Es geht um die Einstellung, sagt meine Mutter, es geht darum, offen zu sein. Du klingst, als wolltest du eine Wohnung verkaufen, sage ich, das ist eine Berufskrankheit, warum muss alles, was du sagst, wie ein Werbeslogan klingen. Das ist Lebenserfahrung, sagt meine Mutter. Sie fragt, was ich jetzt vorhabe. Vor die Hunde gehen, sage ich, oder ins Kloster, oder irgendwo in den Himalaja. Das geht nicht, sagt sie, nicht bei deinem Orientierungssinn, denk nur daran, wie schwierig du es findest, dich nach Amtoft durchzuschlagen, den Himalaja findest du nie im Leben. Und dann müssen Vater und ich dich von Interpol und dem Suchdienst des Roten Kreuzes und wer weiß wem aufspüren lassen. Sie verdreht die Augen gen Himmel. Und du weißt ja, wie langsam dein Vater ist, sagt sie, dann verpassen wir sämtliche Flüge und haben einander in den Wahnsinn getrieben, schon bevor wir überhaupt in Kopenhagen sind. Sie seufzt, wirklich ein schlimmes Durcheinander. Jetzt kommt der Sitzplan für meinen Geburtstag aber ins Schleudern, sagt meine Mutter, deine Frau war die Einzige, die mit Tante Jette reden konnte. Ich mache alles kaputt, sage ich. Weißt du was, Schatz, ich setze Jette einfach ans Ende des Tisches, *kein Problem*, sagt sie auf Deutsch. Meine Mutter macht die Diashow aus. Ich hasse es, wenn Menschen aus meinem Leben verschwinden, sage ich. Hass ist ein starkes Wort, sagt meine Mutter. Sie macht das Fenster auf und schaltet die Dunstabzugshaube an. Heute darfst du gerne drinnen rauchen, sagt meine Mutter.

Die Wände im Wartezimmer meines Arztes sind gelb gestrichen. Bunte Plakate mit Landschaftsansichten hängen daran, auf dem Tisch steht eine Kristallvase mit Sonnenblumen. Neben meinem Stuhl befinden sich ein Schaukelpferd und zwei Plastikkisten mit Bauklötzen. Ich baue einen kleinen Turm auf dem Tisch. Als keine Bauklötze mehr übrig sind, lege ich eine Broschüre über Heuschnupfen als Dach darauf. Versehentlich komme ich an einen der untersten Klötze, der Turm schwankt, stürzt ein und wirft die Kristallvase um. Jetzt steht eine verlassene Ruine inmitten einer Überschwemmung auf dem Tisch. Ich sammle die Sonnenblumen zu einem kleinen Strauß zusammen. Ich halte ihn in der Hand und betrachte eine Zeit lang die Scherben. Ein Mann sieht mir vom Rezeptionstresen aus zu. In fragendem Tonfall nennt er meinen Namen und reicht mir die Hand. Ich gebe ihm die Hand ohne Sonnenblumen drin. Er stellt sich vor und fordert mich auf mitzukommen. Ich folge ihm ins Behandlungszimmer. Mein Arzt setzt sich auf einen Stuhl mir gegenüber und fragt, wie er mir helfen kann. Mir fällt auf, dass ich immer noch die Sonnenblumen in der Hand habe, ich lege sie auf seinen Tisch. Er füllt einen weißen Wasserkrug. Während er die Blumen arrangiert, grübele ich, ob er mir überhaupt helfen kann. Mir fällt ein, dass ich mal bei einer Hochzeit neben einem Mediziner gesessen habe. Mein Tischherr war HNO-Arzt. Aus Höflichkeit fragte ich ihn nach seiner Lieblingsdiagnose. Nach einem längeren Monolog rückte er damit heraus, dass es wahrscheinlich das Kartagener-Syndrom sei, irgendwas mit abnormen Zilien. Zilien, das sind zum Beispiel die Flimmerhärchen in den Luftwegen, flüsterte er mir vertraulich zu. Ich drückte meine Zigarette aus. Das kommt häufiger bei Kindern mit rezidivierenden Sinusiten vor, erzählte er. Ich hätte gedacht, Sinusiten wären eine Untergruppe von Eskimos auf Grönland. Ich teilte meinem Tischherrn mit, der Barock sei eine hochinteressante Periode der Literaturgeschichte, denn er vollziehe in mancherlei Hinsicht die Postmoderne vor. Er lächelte höflich und sagte, ein interessanter Diagnoseschritt bestehe in Röntgenaufnahmen des kindlichen Thorax. Ich sagte, ist Thorax nicht eine Dinosaurierart, und fragte, ob er *Jurassic Park* gesehen habe. Er lachte wissend in sich hinein und sagte, das sei der Brustkorb, Patienten mit dem Kartagener-Syndrom wiesen einen situs inversus auf, mit anderen Worten, die inneren Organe seien spiegelverkehrt angeordnet. Ich sagte, ja genau, die Spiegelung sei interessant. Die Dichter des Barock verwendeten Spiegelungen symbolisch, um zu zeigen, dass die Welt nicht eindimensional sei. Er sagte, der situs inversus liege wahrscheinlich an einer abnormen Funktion der Zilien bereits beim Embryo, in einer Entwicklungsphase namens Gastrulation. Ich nickte und merkte an, die Barockdichter hätten zahlreiche Vanitas-Symbole verwendet, er sollte bloß nicht denken, er sei hier der Einzige, der was Lateinisches sagen könne. Diese Symbole lägen häufiger in Form von Seifenblasen vor, als Verkörperung des vergänglichen Augenblickes, sagte ich. Er blickte mich irritiert an, gewann dann wieder seine Konzentration zurück und erzählte, dass die dysfunktionalen Zilien für eine unzureichende Strömung des Fruchtwassers sorgen würden. Ich sagte, ganz ähnlich wie die Denker des Barock versuche die Postmoderne, die Unzulänglichkeit des Lebens festzuhalten, wenn auch mit recht verschiedenen Ausdrucksmöglichkeiten. Er sagte, genau das könne zu situs inversus führen.

Mein Arzt räuspert sich und fragt, was mich zu ihm führt. Wenn ich lüge, dann nur selten, um peinlichen Situationen auszuweichen, vielmehr als eine Art narrative Verpflichtung. Ich rede ein bisschen hin und her über irgendwelche Bauchschmerzen, eine Art muskuläre Kontraktionen um den Nabel herum. Es tut richtig weh, sage ich. Ich schaue hoch und werde von seinem grünen Röntgenblick eingefangen. Er sieht mich todernst an und nickt etwas zu lange rhythmisch. Ich verspüre den plötzlichen Drang, ihm alle möglichen Geheimnisse anzuvertrauen. Ich sage, ich hätte meine Liebste einmal betrogen, aber da sei ich restlos besoffen gewesen und hätte danach wirklich ein schlechtes Gewissen gehabt, und außerdem hätte ich nie *Verbrechen und Strafe* gelesen, obwohl ich immer so tu als ob. Überhaupt läuft es zurzeit nicht so gut, sage ich. Er zieht die Augenbrauen hoch, lächelt kurz angebunden und nickt stumm. Ich erzähle dem Arzt, dass meine Liebste mich verlassen hat und ich Menschen wirklich nur sehr schwer loslassen kann. Mein außergewöhnlich gutes Gedächtnis behindert mich dabei, im Leben weiterzukommen, sage ich. Mein Arzt sagt, die bewusste Überführung von Erinnerungen aus dem Kurzzeit- ins Langzeitgedächtnis geschehe in einem Gehirnareal namens Hippocampus. Das sei das lateinische Wort für Seepferdchen, da dieses Areal dieselbe Form habe. Die Erinnerung ist ein kreativer Prozess, der auf der Fähigkeit zum Nachvollzug von Situationen beruht, sagt er, mit anderen Worten, was wirkt wie tatsächlich Erlebtes, ist in Wirklichkeit konstruiert. Wollen Sie sagen, ich lüge, frage ich. Verzerrungen und unbewusste Auslassungen sind ein natürlicher Teil des Erinnerungsprozesses, sagt er. Ich erzähle ihm, dass der vierzehnjährige Mozart aus dem Gedächtnis die gesamte Partitur des katholischen Miserere aufgeschrieben habe, nachdem er es in der Sixtinischen Kapelle vom Chor gehört hatte. Ich frage ihn, ob das Seepferdchen bei manchen Menschen größer ist als bei anderen, meines sei möglicherweise riesenhaft. Mein Arzt sagt, für die Speicherung von Erinnerungen seien zwei verschiedene Gehirnareale zuständig, je nachdem, ob das Erinnerte gefühlsmäßigen Inhalts sei oder nicht. Der Hippocampus werde für die Erinnerungen bewusster Emotionen verwendet, während die Amygdala, der Mandelkern, für implizite Erinnerungen zuständig sei. Ich sage, hier müssen mehrere Seepferdchen mit im Spiel gewesen sein. Vielleicht war nicht Mozarts Mandel überdimensioniert, sondern vielleicht waren die Augenzeugen und diejenigen, die die Begebenheit später überliefert haben, von der Musikalität des jugendlichen Komponisten vollkommen hingerissen und bemerkten nicht, dass er irgendwelche Mittelstimmen vertauscht, sich in der Instrumentierung geirrt oder an der Kadenz etwas verändert hatte. Ich sage, ich finde es beunruhigend, dass die gesamte Weltgeschichte auf einer Heerschar von Seepferdchen beruht, die durch die Zeiten reiten. Wie bei allem anderen, sagt mein Arzt, ist es eben, wie es ist. Seepferdchen haben irgendwie kein Darmsystem oder so, und darum schlucken sie unablässig alles ringsum, bis sie tot umfallen, sage ich. Die Seepferdweibchen sind besonders übel, als einzige Gruppe innerhalb der Strahlenfische überlassen sie den Männchen das Brutgeschäft. Nicht mal zur Fortpflanzung können sie sich aufschwingen. Niemals verlässt etwas wirklich ihren Körper, sage ich, und ganz genau so geht es mir auch. Er sagt, Hippocampus ist ja nur eine Bezeichnung. Trotzdem, es gibt drinnen im Gehirn ein Seepferdchen, das über sämtliche Erinnerungen herrscht, sage ich. Mein Arzt nickt, ja, so könne man das tatsächlich ausdrücken.

Ich klopfe spät abends bei ihr an. Sie tritt beiseite und deutet auf das Sofa, sie sieht erschöpft aus. Ich sage, ich bin zu meinem Vater gezogen. Und deine Eltern, frage ich, sind die jetzt zufrieden. Sie sagt, sie hat noch nicht mit ihnen geredet. Dann ruf sie mal an, ich gebe ihr mein Telefon, man soll jede Gelegenheit nutzen, seine Eltern zu erfreuen, das steht auch in der Bibel, zweites Buch Mose, viertes Gebot. Seufzend gibt sie mir eine Tasse Kaffee. Ich sehe es schon vor mir, sage ich, wie sie im Glücksrausch über die Wiese tanzen und ihr Jubel gen Himmel steigt. Vielleicht veranstalten sie auch ein Fest, sage ich, machen eine Puppe, die aussieht wie ich, und verbrennen sie über einem Feuer. Das bezweifle ich, sagt sie. Ach was, sage ich, deine Mutter ist doch so kreativ. Versehentlich gerate ich an die Tasse, der Kaffee ergießt sich über meinen Rock. Ich schreie auf, die Tasse fällt zu Boden und zerschellt. Sie greift meinen Rock und legt mir ein mit kaltem Wasser getränktes Handtuch auf die Beine. Glaubst du im Ernst, sie feiern ein Fest, weil wir uns getrennt haben, fragt sie. Wir haben uns nicht getrennt, ich bin nirgendwo hingegangen, sage ich, du hast mich verlassen. Ich studiere die roten Flecken auf meinen Beinen. Sie sammelt die Scherben vom Boden. Letztes Jahr haben sie doch irgend so ein komisches Festival veranstaltet, wo dein Vater mit einem Schwert rumgelaufen ist und komische Geräusche ausgestoßen hat, und deine Mutter hatte Plastikhörner auf der Stirn und gab einen Volkstanz-Kurs, sage ich. Das war ein Wikingertreffen, sonst nichts, sagt sie. Eine Sache verstehe ich nicht, und zwar warum in deiner Familie zu allen Feiertagen Fisch gegessen wird, sage ich, dabei seid ihr nicht mal aus Westjütland. Überlegt mal, ob das vielleicht ein Christussymbol sein soll, sage ich, ihr esst euch an Jesus satt. Wenn deine Mutter Fisch auf dem Grill hat, platzen die Augen, sage ich, die Tropfen fallen auf die Grillkohle, fast rhythmisch, du hast ja keine Ahnung, dass ich dann immer kurz davor war zu kotzen. Sie sagt, so geht es eben, wenn Flüssigkeiten erwärmt werden. Stell dir nur vor, wenn sie den Grill sauber macht, sage ich, dann steht sie da an der Spüle und wischt Fischaugen in den Abfluss. Dabei arbeitest du im Zoo, sage ich. Danach rede ich ein bisschen über den Tierschutzverein. Die Haut an meinen Beinen tut weh. Sie holt eine Tüte mit Eiswürfeln, packt sie in ein Küchenhandtuch und legt sie mir auf die Beine. Sie sagt, der Dorsch hat in seinen Ohren einen Muskel, wenn man den durchschneidet, sieht man genau, wie lange das Tier gelebt hat. Wie Jahresringe bei einem Baum. Faszinierend, sage ich. Sie nimmt die Eiswürfel weg und fasst auf die roten Flecken, ich sehe, dass sie meinen Rock in heißes Wasser gelegt hat. Sie streut sich ein weißes Pulver in die Handfläche. Nimmst du jetzt Heroin, frage ich, ist das von dieser Süchtigen da, die immer versucht hat, dich anzumachen. *Vanish Oxy Action*, seufzt sie. Löst den Schmutz, schont die Farben, sage ich. Dein Rock ist weiß, sagt sie, da muss nicht viel geschont werden. Ich weiß nicht, was ich mit mir anfangen soll, sage ich, alles, was ich anfasse, geht kaputt, ich komme mir vor wie ein Elefant im Porzellanladen. Gegen Elefanten ist nichts einzuwenden, sagt sie, die sind sehr klug und haben mit das beste Gedächtnis im ganzen Tierreich. Drinnen im Elefanten herrscht ein Seepferdchen über sämtliche Erinnerungen, sage ich. Sie wickelt mich in eine Decke und hält mich im Arm, bis ich auf dem Sofa einschlafe.

Seepferdchenmonologe I

Drinnen im Herzen befindet sich ein Gebäude, ein verstaubtes Museum voll gebrochener Herzen und verflossener Verliebtheiten. Lange, verschlungene Flure und eine Unzahl verschiedener Abteilungen, in denen ihr nach Jahren aufgebaut seid. Ihr seid lebende, kreideweiße Marmorstatuen mit langen Schatten, und ich wandere allzu oft ruhelos herum und betrachte euch eingehend, wie ein müder Museumswärter, der wider Willen hingebungsvoll versucht, eine gewisse Ordnung zu schaffen. Ich rücke einen französischen Zopf etwas zurecht, sammle ein Notenblatt vom Boden auf, wische eine Staubflocke von einer Schulter. Ihr seid alle in der Pose erstarrt, an die ich mich am besten erinnere. Dort du, den Kopf weit zurückgelehnt, bläst du mit geschlossenen Augen in dein Saxophon, und du, Schnee im Haar, mitten in einem Lachen, und du mit deinem melancholischen Blick, die Hand nach mir ausgestreckt. Und dort du, immer am Weinen, dein Haar fällt dir ins Gesicht, und da, mitten in einem Tanzschritt festgehalten. Und dort du, den Dartpfeil in der Hand, mit deinem dunklen konzentrierten Blick, und du mit all deinen Theorien von der Welt, eingefangen in einem Gefuchtel, das immer noch nachbebt. Und dort du, stumm, tief in Gedanken versunken, stehst schlank da mit verträumtem Blick, den einen Fuß auf das Knie gegenüber gestützt, als würdest du auf dir selber ruhen. Und dort du, den Großen Bären mit Schönheitsflecken auf die Wange gezeichnet, dein ernstes Lächeln in der Dunkelheit, und du dort sitzt in deinem Mähdrescher hinter einer Fontäne fliegenden Getreides. Ich versuche, Systeme zu errichten, chronologische Reihenfolgen, ich betrachte euch wie eine Dynastie von Königen. Es gibt eine Abteilung für die Sommerflirts, gesponnen aus Sonnenschein und Umtriebigkeit, und eine für die Weihnachtsverliebtheiten, hervorgerufen von Schneeflocken und Schnaps. Andere Säle des Museums sind denen gewidmet, die mich überrumpelt haben und mich immer noch überraschen, und denen, die zum falschen Zeitpunkt auftauchten und ungleichzeitig oder gemeinsam mit anderen auftraten, zur selben Jahreszeit oder im selben Lebensabschnitt. Sie winden sich aus den Sälen hinaus und in sie hinein, sie entgehen jeder Kategorie. In den angrenzenden Gemächern befinden sich Menschen, die so ihre Zweifel haben, warum sie hier, in meinem Museum, ausgestellt sind. Ein zerstreuter Professor von der Universität Aarhus, der zwanzig Jahre seines Lebens damit verbrachte, über Nebensätze zu forschen, und verschiedene Menschen, die ich an Bushaltestellen gesehen habe oder denen ich in Treppenhäusern begegnet bin. Die ahnungslosen, auf stummer Betrachtung oder der grundlosen Annahme einer flüchtigen Zusammengehörigkeit gründenden Einbahnstraßen-Verliebtheiten. Ihr wechselt euch ab oder ersetzt einander, die Stärke meiner Gefühle ist direkt proportional zum Level des Überdrusses. Dann gibt es da eine VIP-Abteilung, einen abgelegenen Saal mit denen, die ich nicht mal von mir selbst unterscheiden kann. Ihr nickt einander vertrauensvoll zu und wisst haargenau, warum ihr dieser Sammlung angehört. Ich würde mich gern bei euch allen entschuldigen, ein für alle Mal durch ein Megaphon die absonderlichsten Dinge gestehen, während ich auf Vergebung warte. Oder aber ich möchte mich verstohlen und detailreich bei überhaupt allen von euch entschuldigen, weil ich euch in einer erstarrten Bewegung zeige, die sich nie vollenden lässt.

Ich warte im Freilichtmuseum *Den Gamle By*, Die Alte Stadt, auf meine Freundin Mulle. Mulles langes rotes Haar umfließt ihren Körper wie der Schwanz eines Drachens. Die orangen Sommersprossen um ihre Nase herum würde ich gern mit dem Kugelschreiber verbinden, um herauszufinden, was für ein Bild auf ihrem Gesicht entstehen würde. Sie kommt auf mich zugerannt und umarmt mich stürmisch, ihr Haar legt sich mir übers Gesicht, ich blicke durch einen orangen Schleier auf die Welt. Was sagt der Herr Pfarrer zu dem Ganzen, fragt sie. Ich sage, er sagt nicht viel, aber wir betreiben das längste Fünfhundert-Spiel der Welt. Er hat schon über 7000 Punkte Vorsprung, sage ich, warum gewinnt er immer. Mulle nimmt meine Hand und zieht mich zu einem Eisstand. Dabei bin ich es doch, die Erfolg und Aufmunterung benötigt, sage ich, mein Herz ist zerschmettert, atomisiert. Mulle hält sich nicht lange damit auf, über Gefühle zu reden, stattdessen kauft sie mir Zuckerwatte. Und deine Mutter, fragt Mulle. Die hat schon wieder mit Prinz William angefangen, sage ich. Der ist ja schon reichlich lange im Spiel, sagt Mulle. Dreieinhalb Jahre, Mulle, sage ich, halte drei Finger hoch und beschreibe mit Daumen und Zeigefinger der anderen Hand einen Halbkreis. Okay, sagt Mulle, sie ergreift meine Hände, wo stehen wir jetzt. Was ich an Mulle besonders mag, ist ihr ausgeprägtes Wir-Gefühl. Wir stehen in *Den Gamle By*, sage ich, den Mund voll hellroter Watte. Ich sage, sie soll mit Ortsmetaphern aufhören. Hassen wir sie, oder wollen wir sie zurück haben, fragt Mulle. Wir hassen niemanden, sage ich, das ist in meiner Familie verboten. Wollen wir sie zurück haben, sagt Mulle. Ich nicke. Mulle ist meine Spindoktorin. Wir legen uns eine Strategie zurecht, sagt sie. Mulle studiert Staatswissenschaften, sie ordnet Dinge gern mittels Systemen und Diagrammen. Mit einer Vierfeldertafel lässt sich die ganze Welt einfangen, sagt Mulle, was fehlt ihr denn, das sie gern hätte. Kinder und so, sage ich. Dazu sind wir nicht bereit, sagt Mulle. Kinder kriegt sie nicht, da stecken wir fest, aber dann musst du dir als Ersatz was anderes einfallen lassen, sagt Mulle, begeben wir uns an den Verhandlungstisch. Tiere hätte sie auch gern, sage ich, und ich hasse doch Tiere. Goldfische, sagt Mulle, eine Schildkröte vielleicht, Tiere, die nichts sagen. Sie möchte Pelztiere, sage ich. Wenn deine Frau ein Tier will, sagt Mulle, müssen wir eben ein Tier kaufen, sie soll spüren, dass wir was für eure Beziehung tun. Sie findet wohl auch, dass ich insgesamt ein bisschen viel bin, sage ich. Dann machen wir eine Light-Version von dir, sagt Mulle, lüften erst mal gut durch und schrauben die irritierenden Momente etwas runter. Ich glaube, sie findet, innerhalb meiner eigenen Kategorien funktioniere ich gut, sage ich, sie sucht nur irgendwie was anderes. Das ist schon komplizierter, sagt Mulle, da stößt euer Handlungsspielraum an Grenzen. Ich nicke. Es hat sich wohl eine Zeit lang aufgestaut, sagt Mulle. Ich überlege kurz und sage, man hätte es eigentlich kommen sehen können. Ich hab nur gehofft, ich würde eines Morgens aufwachen und hätte auf all die Dinge Lust, die sie gern hätte, sage ich und zupfe mir etwas Zuckerwatte aus den Haaren. Wir sind ja noch lange keine Dreißig, sagt Mulle, Kinder und so kriegt man erst, wenn man nicht mehr daran glaubt, dass man was auf der Welt bewirken kann, das sind die letzten Zuckungen, um dem Leben einen Sinn zu geben. Sie hat ihre Entscheidung getroffen, sage ich, sie trifft fast nie Entscheidungen, aber wenn, ist nicht dran zu rütteln. Vielleicht ist es ja auch am besten so, sagt meine Spindoktorin und legt die Arme um mich. Meine Tränen tropfen in die Zuckerwatte, es sieht aus wie Regenwetter in einer hellroten Schneelandschaft.

Ich sage, ich will auf jeden Fall die Orgelpfeifen behalten, die ihr Großvater gemacht hat. An unserem Kühlschrank hängt ein Schwarzweiß-Foto von einem alten Mann. Er lächelt. Auf dem Kopf hat er eine Schirmmütze mit Karomuster, in den Händen ein Stück Holz. Ein paar Jahre steht er jetzt schon auf diesem Foto und lächelt mich von seinem Platz auf der Kühlschranktür aus an. Du hast meinen Großvater doch gar nicht gekannt, sagt sie. Manchmal vermisst man jemanden, den man nicht gekannt hat, es ist sogar besonders schlimm, sage ich, wenn man seine Sehnsucht nirgends festmachen kann, das fühlt sich besonders leer an. Das habe ich mal im Fernsehen in einer Sendung über Adoption gehört. Sie seufzt. Ich reite noch ein bisschen auf den Orgelpfeifen rum. Du hast doch immer gesagt, du findest sie hässlich, sagt sie. Ach na ja, hässlich, sage ich, ich habe sie irgendwie lieb gewonnen, da müsste ich doch wenigstens eine kriegen können. So macht man das, wenn man auseinander geht, sage ich, man teilt. Ich sage, dass sie mir etwas schuldet, weil sie mir dreieinhalb Jahre meiner Jugend gestohlen hat. Stell dir nur vor, mit wie viel Leuten ich in dieser Zeit hätte ins Bett gehen können, wenn du nicht gewesen wärst, sage ich. Dreißig pro Jahr, vielleicht sogar sechzig, wenn ich angefangen hätte, mich zu schminken. Da ist eine Orgelpfeife ja wohl das

Mindeste, was man erwarten darf. Du hast doch nichts von unverbindlichem Sex, sagt sie müde. Tu nicht so, als ob du mich kennen würdest, sage ich, vielleicht weißt du ja gar nichts von mir. Vielleicht habe ich verborgene psychopatische Anteile und führe ein Doppelleben, von dem du keine Ahnung hast. Sie schaut aus dem Fenster und sagt, das glaube sie ja wohl eher nicht. Ich spüre ihren Blick. Durch das Fenster ist ein kleiner Ausschnitt des Meeres zu sehen. Ich frage, warum zum Teufel sie so verdammt undramatisch sein muss. So bin ich wohl einfach, sagt sie. Das gehört zu den Dingen, die ich am meisten an ihr mag, aber das verrate ich ihr nicht. Ich blase ein bisschen in die Orgelpfeifen, sie geben merkwürdige Klänge von sich. Ich sage, ihr Großvater hätte ganz sicher gewollt, dass ich die Orgelpfeifen kriege. Sie sagt, ihr Großvater hätte mich jedenfalls total lieb gefunden. Das murmelt sie etwas abwesend, schwer zu sagen, ob sie an mich oder an ihren Großvater denkt. Ich finde es ziemlich seltsam, so was zu sagen, während man sich gerade streitet. Streiten wir uns, fragt sie. Ich nehme die Orgelpfeifen von der Wand und sage, so, die nehme ich jetzt mit nach Hause. Das heißt nein, sage ich, ich habe ja kein Zuhause. Ich deute auf die Orgelpfeifen. Sie berührt meinen Arm.

Seepferdchenmonologe II

Drinnen im Ohr befindet sich ein Schneckenhaus, das eine lang gezogene Sinfonie spielt. Eine Liste von Melodien, auf Repeat gestellt, die als lautes Konzert in meinen Nervenbahnen ablaufen. Ihr seid die Stimmen in meinem Kopf, verschiedene Dialekte und Sprachen verflechten sich ineinander und sprechen zu mir. Aarhusisch, Nordjütländisch, Fynisch, Kopenhagerisch, Hindi, Norwegisch, Italienisch und Arabisch. Eine heisere Stimme, Töne von einem Saxophon, das nicht ihres ist, oder Töne eines klassischen Konzerts in einem hell erleuchteten Saal, in dem du hättest sein sollen. Das Rauschen des Meeres, das Platschen deiner bloßen Füße, die dort im Wasser tanzen, wo Kattegat und Skagerrak einander begegnen. Deine Finger, wenn sie auf die Tastatur treffen, das leise Geräusch von Pinselstrichen auf einer Leinwand, das Stakkato der Stilettos, wenn du über Kopfsteinpflaster gehst, es klingt wie Maschinengewehr. Du mit deiner Geräuschlosigkeit, du bist eine Kette von Ausrufezeichen, das denke ich, wenn ich an dich denke, Augen und Hände und Ausrufezeichen und Geräuschlosigkeit. All eure Lieblingsworte und festen Wendungen, eure Metaphern und nach hinten losgehenden Pointen, eure Pausen und das kurze

Innehalten, eure Rhetorik und eure Wahrheiten, eure Atemzüge und eure Stummheit. Die Art und Weise, wie Menschen Geräusche verursachen, indem sie einen Stuhl über den Boden ziehen, durch eine Tür kommen, einen Schrank zumachen. Wenn deine Stille durch lange Monologe unterbrochen wird und von Worten, die von deinen im Raum herumfliegenden Händen zusammengebunden werden. Du mit deinem rückhaltlosen Lachen. Die lauten rhythmischen Klänge werden zu einem Bild und breiten sich über deinen ganzen Körper aus. Du lehnst den Kopf zurück, deine Lippen öffnen sich, deine Augen verschwinden in kleinen Spalten. Ich bin so abhängig von diesem Lachen, erzähle dir die irrsinnigsten Geschichten, lüge und übertreibe, um deine Klänge hervorzurufen. Kitzele dich, beiße dir ins Ohr, zeige dir lustige Clips aus alten Filmen, lese dir lange Passagen aus Büchern vor, all das, damit dieses Lachen unendlich weitergeht. Deine Finger trommeln ungeduldig auf die Tischplatte, Glöckchen sind in die hundert Flechten deines Haars geknüpft, Klang deiner Stimme, wenn du im Schlaf aufschreist, in einer fremden Sprache. Metallbecher mit Whisky klirren aneinander, deine Stimme bricht in der Sekunde, bevor du hysterisch wirst. Deine langen, pointenlosen Geschichten, dieser plötzliche Aufmarsch von Wortketten und den farbenfrohen Lügen, die ebenso schnell entstehen, wie du die Worte aussprichst. Du redest ununterbrochen, die Geschichten entfalten sich, deine Stimme hebt und senkt sich, und das Funkeln deiner Augen, das Blitzen deiner Pupillen spiegelt jeden Stimmungsumschwung wider. Das Geräusch, wenn du dein Lachen unterdrückst, du kannst lautlos lachen. Eure Stimmen, wenn ihr nach mir ruft, meinen Namen sagt, meinen Namen schreit, meinen Namen flüstert.

Ich sage zu meinem Arzt, dass ich Stimmen höre. Er schaut bekümmert drein und weist auf verschiedene destruktive Reaktionsmuster hin. Ich versuche, seine Lippen zu lesen, versuche, das nächste Wort zu erraten. Ein kleines Quiz, das ich für mich selbst veranstalte. Die Stimme meines Arztes ist bezaubernd, das ist das Einzige, woran ich heute denke, auch wenn er nichts sagt. Am liebsten würde ich ihm das unablässig mitteilen, also bin ich gezwungen, an andere Dinge zu denken, an Früchte, Spielzeug, Kindheitserinnerungen. Er redet langsam, als würde er jedes Wort abwägen, sein Tonfall klingt wie ein Gesang. Er singt von kognitiven Strukturen. Ich überlege, ob er dem Inhalt seiner Worte lauscht oder ob das eine auswendig gelernte Leier ist, ob das der Grund für den Rhythmus seiner Sätze ist. Mein Arzt fragt, was die Stimmen zu mir sagen. Ich sage, sie reden nicht in Sätzen, sondern ich werde von den Klängen der Vergangenheit heimgesucht. Erleichtert spricht mein Arzt über Tinnitus. Er sagt, das ist ein Defekt der kleinen Sinneszellen in der Hörschnecke des Innenohrs. Die Zellen senden falsche Signale an den Hörnerv. Er singt ein kleines Liedchen von Lärmschäden und erblicher Schwerhörigkeit. Mein Arzt schaut mich an, er fragt, woran ich denke. Je lieber ich mit Leuten reden würde, desto schwerer fällt es mir. Meine Formulierungen sind tollpatschig, mir ist, als würde ich sabbern. Ich rede aus einer inneren Logik heraus, vergesse sämtliche Zwischensätze, nichts klingt so, wie ich es mir vorstelle. Mein Vater besitzt ein Buch über Victor Borge, es hat den Titel *Ein Lächeln ist die kürzeste Entfernung zwischen zwei Menschen*. Ich stehe dem Lächeln skeptisch gegenüber, das ist die am meisten überschätzte Muskelkontraktion der westlichen Welt, gleich nach dem Orgasmus. Ich glaube, die kürzeste Entfernung zwischen zwei Menschen ist ein einzelner, unbedachter Satz, der besser unausgesprochen bleiben sollte. Ich denke, ich bin von deiner Stimme ergriffen, sage ich.

Ich sitze lesend auf einer Bank im Vennelyst-Park, da klingelt mein Telefon. Hallo Schatz, Mutter hier, kreischt sie. Ich lege das Buch aus der Hand. Sie ruft aus Amtoft an, ich soll sie in den Herbstferien besuchen kommen. Ich krieg dich ja sonst nie zu Gesicht, seufzt sie. Ich sage, da übertreibe sie aber. Sie sagt, den Frauen in unserer Familie liegt Übertreibung im Blut. Übertreibung ist nichts Genetisches, murmelt ihr Mann im Hintergrund. Sie sagt zu ihm, so was lässt sich unmöglich kontrollieren, weil den jungen Menschen heutzutage ihr genetisches Erbe vollkommen egal ist. Ich sage, das liegt daran, dass ich ein gesunder, gut funktionierender Mensch bin, der sich nach abgeschlossener Erziehung und einer hervorragenden Kindheit jetzt sein eigenes Leben aufgebaut hat. Seine Mutter braucht man immer, sagt meine Mutter. Natürlich, sage ich, füge aber hinzu, sie solle sich freuen, dass das seine Grenzen hat. Ich blicke zur Ostsee hinunter, wo ein junger Mann im Rollstuhl die Enten füttert. Stell dir vor, ich hätte eine Entwicklungsstörung oder das Down-Syndrom oder wäre vom Hals abwärts gelähmt, sage ich. Meine Mutter sagt, gelähmte Menschen können ein sehr erfülltes Leben haben, und Kinder mit Down-Syndrom sind so niedlich. Ich frage, ob ich mich jetzt auch noch dafür entschuldigen soll, dass ich kein Down-Syndrom habe. Sie sagt, das eigentliche Problem ist, dass ich niemals zu Besuch komme. Sag niemals nie, sage ich. Meine Mutter seufzt. Ich sage, sie soll sich glücklich schätzen, dass ich ein normal funktionierendes Individuum mit gesunden Interessen und einer natürlichen Befähigung zu tiefgehenden Beziehungen bin. Na ja, das mit den tiefgehenden Beziehungen funktioniert wohl nicht so gut, sagt meine Mutter. Ich sage, das liegt wahrscheinlich daran, dass meine Eltern sich haben scheiden lassen und ich in der Kindheit immer wieder Verrat und Verlust erlebt und daher Probleme damit habe, Verbindungen zu anderen Menschen zu knüpfen. Das möchte sie nicht glauben. Meine Mutter sagt, wenn sie irgendwann mal nur noch ein verblasstes Foto an der Wand ist, dann werde ich schon sehen, wie ich sie vermisse. Ganz ohne Zweifel, sage ich. Der Mann im Rollstuhl fährt langsam vom Wasser weg, vier Enten folgen ihm in einer kleinen Prozession. Ich sage zu meiner Mutter, wenn sie mir ein nicht allzu großes Foto gibt, finde ich sicher einen Platz an der Sonne dafür, wo es würdevoll verblassen kann.

Ich liege auf dem Sofa meines Vaters und schaue *Zeit der Sehnsucht*, die Endlos-Serie. Tony ist doch nicht Tony, sondern sein absolut identisch aussehender Cousin, der sich aber seit zwanzig Jahren als Tony ausgibt. Den echten Tony hat er die ganze Zeit gefangen gehalten. Man kann sich wirklich auf nichts in der Welt verlassen, sage ich zu meinem Vater und nehme eine Hand voll Erdnussflips. Sie krachen so laut in meinem Mund, dass ich nichts mehr höre. Ich drehe den Fernseher etwas lauter. Die Frau meines Vaters drischt etwas lauter aufs Klavier ein. Auf seinen Vater kann man sich immer verlassen, sagt mein Vater. Ich lächele ihn an. Ich versuche, zugleich zu rauchen und Erdnussflips zu essen. Ich bekomme beides in den falschen Hals. Es ist wichtig, dass man im Leben weiter kommt, mein Vater haut mir auf den Rücken, man muss zuschauen, dass man sich wieder in den Sattel schwingt. Ich sage, schwingen kann ich mich morgen, aber mein Vater und seine Frau bestehen darauf, dass ich zu einem Konzert mitkomme. Pink Floyd Project, sagt mein Vater, die sind fast so gut wie das Original. Ich sage, ich hatte nicht geplant, auf diese Weise im Leben weiterzukommen. Mein Vater fragt, was ich denn machen will. Ich sage, ich werde versuchen, diese Frau brutal und skrupellos zu einer Erinnerung zu schrumpfen. Ich möchte eine beherrschte und wohldosierte Liebe zu ihr empfinden und mir um Neujahr herum sentimentale Augenblicke wünschen und kurze Blicke in ihr Gesicht, wenn ich betrunken bin, sage ich. Also meistens, sagt mein Vater, er steckt sich seine Pfeife an. Sie wird ganz gleichberechtigt neben anderen Begebenheiten in meinem Gedächtnis auftauchen, und ich werde sagen, was uns nicht umbringt, macht uns stärker, und die Leute um mich herum werden mir recht geben und denken, dass ich doch sehr vernünftig mit den Dingen umgehe, sage ich. Ei freilich, sagt die Frau meines Vaters. Ich werde sagen, dass man es selbst in der Hand hat, ob man glücklich ist, und dass man seine Jugend genießen soll, und ich werde das ebenso beiläufig und selbstverständlich sagen, wie man Gesundheit sagt, wenn jemand geniest hat, so ganz automatisch aus reiner Freundlichkeit, sage ich. Klingt wie ein guter Plan, sagt mein Vater, aber in der Zwischenzeit können wir doch gut zusammen in ein Konzert gehen. Die Frau meines Vaters macht den Fernseher aus, tätschelt mir die Wange und sagt, ich muss mal bisschen rauskommen.

Ich stehe ein wenig von meinem Vater und seiner Frau entfernt und sehe, wie sie beide simultan im Takt der Musik wippen. Ein junger Mann kommt auf mich zu und fragt, ob ich Lust auf ein Bier habe. Mein Vater drückt den Rücken durch, kommt herüber und gibt ihm die Hand. Der junge Mann fragt, ob er neben mir stehen darf. Die Frau meines Vaters sagt ja. Der junge Mann sagt, ich habe schöne Augen. Mein Vater nickt. Ich sage, angesichts der schlechten Beleuchtung ist das eine unglaubwürdige Bemerkung. Mein Vater lächelt den jungen Mann an und trommelt mit drei Fingern an sein Bierglas. Die Frau meines Vaters stupst mich in die Seite und sagt, der junge Mann ist doch hübsch. Irgendwie gefällt mir, dass sie dabei nicht mal flüstert. Er ist ein Mann, sage ich. Er ist ein Mensch, sagt die Frau meines Vaters, du bist doch Humanistin, oder nicht. Alle Humanisten hassen die Menschen, sage ich, sie mögen nur die Idee. Der junge Mann lächelt verwirrt. Ich hoffe, dass er sehr betrunken ist. Er zieht mich etwas beiseite und sagt, meine Eltern wirken ja sehr cool. Total cool, sage ich. Er fragt mich, ob ich irgendwann die Woche mit ihm einen Kaffee trinken will. Ganz ohne Hintergedanken, sagt der junge Mann. Ich sage, wenn jemand sagt, ganz ohne Hintergedanken, dann nimmt man an, dass er ganz sicher welche hat. So wie man das Wort artikulieren nicht sagen kann, ohne zu artikulieren, sage ich. Mein Vater räuspert sich, er sagt, ich habe mich immer sehr für Sprache interessiert. Die Frau meines Vaters sagt, es kann ja wohl nichts passieren, wenn man einen Kaffee miteinander trinkt. Ich sage, ich habe mal von einem gehört, der hat seinen Kaffee in den falschen Hals gekriegt und ist daran erstickt. Mein Vater sagt, so was passiert aber sehr selten. Aber doch immer wieder, sage ich, wenn das Pech es will.

Der junge Mann ruft mich ein paar Tage später an und sagt, war doch nett neulich. Und er würde mich gern besser kennenlernen. Ich glaube kaum, dass du das wirklich willst, sage ich langsam. In mir läutet eine Alarmglocke. Ich sage nicht, ich hätte niemals Lust, mein Haar zu flechten und geblümte Schürzen anzuziehen. Ich denke, wenn er krank werden sollte, würde ich ihn pflegen wie Florence Nightingale. Ich würde ihm Tee machen und Blumen und Mentholzigaretten kaufen, obwohl er gar nicht raucht, und sagen, das Nikotin betäubt die Flimmerhärchen im Hals und kann jeden Husten stillen. Sommers würde ich mit ihm im Garten grillen, in regelmäßigen Zwischenräumen würde ich sagen, ich liebe dich, wenn es sich von der Situation her gerade anbietet, und ich würde sagen, nein woher denn, es regnet doch heute, oder weißt du eigentlich, wie spät es ist. In besonders sentimentalen Stunden würde ich den Drang verspüren, ihm massenweise Kinder zu gebären. Ich würde am Strand ihre Sandschlösser zertreten, heiser lachend und mit dem Aufschrei, dass es den Weihnachtsmann nicht gibt, und so würde ich ihnen ihren Kinderglauben rauben. Und meine Kinder würden in der Bastelstunde merkwürdige Dinge für mich machen, die sie mir schön verpackt und mit glänzenden Augen zu Weihnachten überreichen, und ich würde sagen, was sollen wir denn mit noch mehr Untersetzern, das ist doch viel zu bürgerlich, ein paar Flecken schaden dem Tisch nicht, das ist Patina, wisst ihr. Ich würde vergessen, ihnen ihr Pausenbrot zu machen, und er würde ein Au-Pair-Mädchen aus Osteuropa bestellen, die wahrscheinlich Milagros heißen würde, und nach ein paar Wochen würden die Kinder sie Mutter nennen. Bei Elternversammlungen würde ich mich grässlich langweilen und mich über das Rauchverbot beschweren, und er würde einen Zucchinikuchen backen und aktiv in der Elternvertretung mitwirken und mir die Hand halten, während ich mich danebenbenehme und nach Brüsten schiele. Ich würde hemmungslos mit den Eltern der Spielkameraden meiner Kinder flirten und sagen, wie wäre es mit einem Glas Wein, während sie spielen, und dann würde ich mit ihnen auf dem Sofa rummachen, wenn er nach Hause kommt. Eines schönen Sonntagvormittags würde ich sie allesamt verlassen. Er wäre völlig zerstört, Milagros würde das als die Chance ihres Lebens erkennen, um eine unbefristete Aufenthaltserlaubnis zu ergattern, und nach einem Anstandsjahr würden sie heiraten. Ich würde sie vor Gericht zerren und sagen, er ist nicht vertrauenswürdig, und Milagros würde an der Nadel hängen, ihr wisst ja, diese Mädchen aus Osteuropa, und mir würde unverzüglich die alleinige Vormundschaft zuerkannt werden. Ich würde mich um den Verstand saufen, während meine Kinder ihr Leben in einer Tagesinstitution zubringen. Er sagt am Telefon meinen Namen. Ich lege auf.

Seepferdchenmonologe III

Drinnen auf dem Zwerchfell befindet sich eine Diskothek. Ihr tanzt auf meinen untersten Rippen, plaudert miteinander, einen Drink in der Hand, an meine Wirbelsäule gelehnt. Vielleicht teilt ihr Anekdoten und sagt, ja, man hat schon stark gemerkt, dass sie ein Einzelkind war, aber wenn ich das zu ihr sagte, wurde sie immer sauer, na, hast du auch immer nur Bücher zum Geburtstag bekommen, ja, Tove Ditlevsens Gesammelte Werke, die hab ich auch. Würdet ihr euch Schlägereien liefern, diejenigen von euch, die zur selben Zeit mit mir zusammen waren, oder würdet ihr Tango tanzen und euch vertrauensvoll aufeinander stützen, weil ihr alle unter mir habt leiden müssen? So wie Leute, die in denselben Verkehrsunfall verwickelt waren oder im selben Krieg gekämpft haben und jetzt Freunde fürs Leben sind. Oder würdet ihr hochmütig freundlich über mich reden, so, wie man über Tote spricht? Gäbe es passende gereimte Lieder oder kleine Sketche? Würdet ihr aus sentimentalen Gründen Gin Tonic trinken und zu dänischen Hits aus den 80ern tanzen? Ach, ich weiß genau, am Ende würdet ihr dasitzen und Bob Dylan oder Leonard Cohen hören oder Miles Davis oder wovon ihr immer geredet habt, denn die meisten von euch nehmen Musik sehr ernst, und ihr schaut sehr ernst drein, wenn ihr sagt, dass ihr Musik sehr ernst nehmt, und es sei so leicht, einen Superhit zu landen. Ihr würdet über Musikalität reden, über Zeitlosigkeit und Poesie, ihr würdet elitär heiser lachen und miteinander darüber reden, wie frustrierend es doch war, dass ich das nie begriffen habe. Ich denke, wie sehr ihr einander doch gleicht, sowohl diejenigen von euch, die mich nur ganz kurz festgehalten haben, als auch die mit längeren Verstrickungen. Es wäre irgendwie ein merkwürdiges Fest, denn die meisten von euch reden wesentlich weniger als ich. Ihr würdet im Warten darauf, dass jemand ein Gespräch beginnt, umeinander kreisen, ihr würdet mich von Anfang an vermissen wie ein unwesentliches Hintergrundgeräusch oder wie die Muzak im Supermarkt. Am schlimmsten wäre es natürlich, wenn ihr anfangen würdet, die Stapel von Liebesbriefen zu vergleichen, um zu entdecken, dass in allen mehr oder weniger dasselbe steht, oft nicht mal verschieden formuliert, ganze Passagen nur copy and paste. Ich überlege, wie viele Leute an diesem Fest teilnehmen würden, und fürchte, es könnte auf die Hundert zugehen. Über ein paar von euch freue ich mich immer noch, ein paar stimmen mich immer noch wehmütig, und manche machen mich immer noch rasend, während ihr rhythmisch auf meinem Zwerchfell herumspaziert. Girlandenartige Nervenstränge erstrecken sich durch die Sehnenplatte des Zwerchfells zum Herzbeutel. Eure Wortlosigkeit legt sich schnell, die Ginflaschen leeren sich, Arm in Arm singt ihr Karaoke. *Respect*, singt ihr, und *I Will Survive*, ihr fühlt euch stark und unbesiegbar, denn am Herzbeutel hängt eine Discokugel, in deren flimmerndem Licht ihr im Kreise Boogie Woogie tanzt wie ein Sammelsurium verlaufender Farben, und am Ende seid ihr für mich nicht mehr voneinander zu unterscheiden.

Ich liege im Garten meiner Mutter. Die Blätter segeln durch die Luft und legen sich vorübergehend auf dem Bürgersteig zur Ruhe wie ein braun gefleckter roter Läufer. Meine Mutter wuselt auf dem Rasen herum und verschiebt große Farbhaufen, dazu summt sie ein Liedchen. Könntest du nicht bitte Tante Jette eine Geburtstagskarte schicken, sagt meine Mutter. Ich stehe auf und nehme eine Zigarette. Mit ausgreifenden Bewegungen wedelt meine Mutter den Rauch weg, bevor ich die Zigarette überhaupt angesteckt habe. Sie redet darüber, dass meine Tante Jette sich wahnsinnig über eine Geburtstagskarte freuen würde. Meine Mutter sagt, das kennt sie von sich selbst gut, bald hat sie ja jetzt auch Geburtstag. Noch acht Monate, sage ich, du klingst wie ein Kleinkind. Meine Mutter gemahnt mich an all die Geburtstagskarten, die meine Tante mir im Laufe der Jahre geschickt hat. Ich sage, Geburtstagskarten funktionieren nicht als Argumente. Trotzdem, egal, sagt meine Mutter. Ich sage, ich erinnere mich gut an die Geburtstagskarten, sie enthielten immer endlose Beschreibungen der Vögel auf der Terrasse meiner Tante. Meine Mutter sagt, wenn man keine Kinder hat, muss man sich irgendwas anderes suchen, worin man aufgehen kann. Wenn man Kinder hat, kann man das wohl auch, sage ich. Meine Mutter redet noch ein bisschen über meine

Tante, sie findet sie auch ein bisschen seltsam. Ich sage, ja, das mit den Vögeln wirkte geradezu krankhaft, außerdem hasse ich Geburtstagskarten über Vögel und überhaupt Vögel insgesamt. Meine Mutter sagt, Hass ist ein starkes Wort. Sie spricht weiter über einsame, kinderlose Frauen, und ich sage, ich werde meiner Tante schon noch eine Geburtstagskarte schreiben. Eine mit einem großen Vogel darauf, und auf den Umschlag male ich einen Vogel statt einer Geburtstagsfahne, und in den Umschlag tue ich einen toten Vogel, wie ein italienischer Mafioso, sage ich. Nein, jetzt bist du aber vulgär, Schatz, sagt meine Mutter. Die nehmen Fische, ruft ihr Mann durch das Küchenfenster, die schicken einen toten Fisch. Mit Fischen habe ich mich nie beschäftigt, sagt meine Mutter. Der Fisch ist ein Christussymbol, sage ich. Meine Mutter sagt, ich klinge wie mein Vater. Warum bist du nur immer so seltsam, Schatz, fragt meine Mutter. Wenigstens bin ich keine Vegetarierin, sage ich. Nein, du isst furchtbar ungesund, sagt meine Mutter, du hast ein besorgniserregendes Verhältnis zum Essen. Ich sage, Essen ist ein starkes Wort. Seufzend meint meine Mutter, dass man seine Kinder ja immer liebt, egal, wie die sind. Ich sage, so eine Aussage ist eigentlich nur was für die Mütter von Kriminellen und Drogensüchtigen. Sie sagt, Rauchen ist auch eine Form von Drogensucht.

Mulle und ich sitzen beim Bier im Traktorschuppen in *Den Gamle By*. Meine Mutter sagt, ich jammere immer so, tue ich doch gar nicht, sage ich. Ein klein wenig schon, sagt Mulle, du hast ein besonderes Talent dafür, der Welt deine Leiden mitzuteilen. Unsinn, sage ich. Schon als wir noch klein waren, sagt Mulle, hast du immer eine ganz irrsinnige Szene hingelegt, allein schon, wenn ein Pflaster abgerissen werden sollte. Mulle zieht sich ein imaginäres Pflaster vom Knie. Dann hast du ganz vorsichtig mit den Fingerspitzen den äußersten Rand angehoben und die Zeit so lange ausgedehnt, wie es nur ging, und das Pflaster zog die Haut in kleinen Stücken mit, sagt sie. O weh, o weh, die Welt ist schlecht, jammert Mulle mit Babystimme und reibt sich das Knie. Eines nach dem anderen wurden dabei deine Härchen ausgerissen, du machtest so viele Pausen wie möglich, um den Schmerz so richtig ausgiebig zu genießen, sagt Mulle und zupft ausgiebig an der Luft über ihrem Knie. Währenddessen raufte der Pfarrer sich die Haare vor Verzweiflung, sagt Mulle, und stopfte dich mit Schokolade voll, damit du wieder fröhlich wirst. Und meine Mutter hat versucht, wen zu finden, der mich adoptieren würde, sage ich. Mulle deutet auf sich selbst. Ich reiße Pflaster immer in einem Rutsch ab, sagt Mulle und wedelt mit den Fingern, dann ist die

Sache aus der Welt. Genau darum hast du ein leichteres Leben als ich, sage ich. Dasselbe mit der Zahnfee, sagt Mulle. Redest du immer noch über so Wesen, als ob es sie wirklich gäbe, sage ich. Wir anderen wickelten einen bunten Faden um unsere Wackelzähne und rissen sie aus, sagt Mulle, zack. Sie zupft leicht an ihrem Schneidezahn. Voller Vertrauen legten wir ihn dann in einem Glas ans Kopfende unseres Bettes und warteten auf die Zahnfee und einen neuen Schneidezahn, so einfach kann das Leben sein, sagt Mulle. Ich war viel zu begabt, um auf so was zu warten, sage ich. Nein, du hattest mit fünf schon sämtliche Illusionen verloren, sagt Mulle. Monatelang spieltest du mit der Zunge an dem Wackelzahn und befühltest die kleinen Fetzen Zahnfleisch, an denen er immer noch saß. O weh, o weh, Mulle, ich glaube, ich sterbe, klagt Mulle mit ihrer Babystimme. So bin ich heute aber nicht mehr, sage ich, ich begegne den Herausforderungen des Lebens mit erhobenem Kopf. Aber nur, weil du keine Milchzähne mehr hast, sagt Mulle. Stattdessen habe ich ein gebrochenes Herz, ich deute auf meine Brust. Das würde niemand bezweifeln, sagt Mulle.

Mitten in der Nacht rufe ich sie an. Sie ist in der Stadt. Das finde ich jetzt interessant, sage ich, seit zwei Jahren hast du nicht in die Stadt mitkommen wollen. Ich dachte, Leute über dreißig veranstalten Abendessen für befreundete Ehepaare, bei denen sie über Dachrinnen, Hauskredite und Epiduralblockaden reden. Ganz schön verzweifelt, mit anderen Worten, sage ich. Sie ist mit Lucky in der Stadt. Lucky war drogensüchtig, sage ich. Lucky ist nichts für dich. Wir sind nur ein Bier trinken, mehr nicht, sagt sie. Abgesehen davon finde ich es ganz schön irreführend, wenn man Lucky heißt und so viele Probleme hat, sage ich, stell dir vor, du heißt Lucky und bist auf lucky pills, ganz schön abgefahren. Lucky auf Luckys. Sie sagt, das konnten ihre Eltern ja nicht wissen, als sie einen Namen für sie ausgesucht haben. Sie seufzt. Ich weiß, jetzt bereut sie, dass sie sich überhaupt auf die Diskussion eingelassen hat. Ich sage, es ist ja nicht verboten, zum Wahrsager zu gehen und etwas Passendes zu finden. Ich würde Lucy vorschlagen. Im Hintergrund lacht eine Frau laut auf. Außerdem ist sie langweilig, vollkommen fantasielos, sage ich, da ist es fast ermutigend, dass sie das Zeug genommen hat, das zeigt immerhin eine Art von Initiative, eine gesunde Neugier, wenn man so will. Wir spielen nur Kniffel, sagt sie, sie klingt müde. Sie fragt, wie es mir geht. Ich sage, lustig, dass sie fragt, und mir geht es nicht besonders gut, weil meine Liebste mich rausgeschmissen hat und im Augenblick gerade versucht, eine fantasielose Drogensüchtige anzubaggern. Sie spielt mit einer fantasielosen Drogensüchtigen Kniffel, sagt sie.

Als er am nächsten Morgen mein Gesicht betrachtet, schaut mein Arzt erschrocken drein. Am schlimmsten ist es mit der Nase, sage ich. Meine Stimme klingt nasal. Er berührt sie sachte und fürchtet, sie könnte gebrochen sein. Er sagt, der Schmerz rührt wahrscheinlich von einem Schlag auf die Nasenwurzel her. Oder von dem klopfendem Rhythmus in allem, wonach ich mich sehne, sage ich. Er fragt, wie es passiert ist. Ich murmele etwas von einer Drogensüchtigen. Er blickt mich ernst an und fragt, ob ich Anzeige erstattet habe. Vielleicht war ich selbst schuld, sage ich. Jetzt setzt mein Arzt einen väterlichen Blick auf und erläutert, es sei für Opfer typisch, sich selbst anzuklagen. Er fragt, ob es anlässlich eines Raubüberfalls geschehen ist. Wenn man so will, sage ich, sie hat versucht, meine Liebste anzubaggern. Mein Arzt lehnt sich im Sessel zurück und betrachtet mich lange. Ich schaue auf den Bodenbelag. Blau mit roten Streifen. Mein Arzt fragt, ob meine Liebste mich nicht verlassen hatte. Das ist wohl Definitionssache, sage ich, das lässt sich selten so einfach beantworten. Ich rede ein wenig über Sozialkonstruktivismus. Der Arzt sagt, man kann ja die Leute nicht zwingen, Teil einer Liebesbeziehung zu sein, wenn sie selbst es nicht wünschen. Die Leute wissen aber nicht immer, was das Beste für sie ist, sage ich, man denke nur an diejenigen, die sich zu Tode trinken, oder an Raucher, die langsam, aber sicher ihre Lungen ruinieren. Mit hochgezogenen Augenbrauen sagt er, es gibt immerhin doch noch so etwas wie Selbstbeherrschung. Die Nasen gibt es, sage ich, Nachtschattengewächse gibt es, die Nachtseite, den Mantel der Namenlosigkeit gibt es. Offenbar kennt er die Gedichte von Inger Christensen nicht, er fragt, ob statt dessen sie Anzeige erstattet hat. Ich schüttele den Kopf. Lächelnd erkundigt er sich, ob ich vielleicht im Augenblick der Tat unzurechnungsfähig war. Oder auch nur gerade jetzt, schlage ich vor. Er tätschelt mir ganz sacht die Nase und sagt, die braucht jetzt etwas Ruhe.

Seepferchenmonologe IV

Drinnen im Solar Plexus befindet sich ein Bücherregal mit lauter Schädeln auf den Borden. Totenköpfe sehen immer aus, als ob sie lachen würden, und so stelle ich mir euch vor, als lachende Dämonen, die ihr in meinem Körper klopft und hämmert. Ihr seid die Summe all meiner Niederlagen, ihr seid all meine angesammelten Schuldgefühle, in Reih und Glied marschiert ihr auf all meinen wunden Punkten herum, bewegt euch im Takt mit meinem Schmerz. Wenn ich einen Kater habe, sitzt ihr kreischend in meinem Kopf, wenn ich menstruiere, bindet ihr mit meinen Eileitern Schleifen, und ihr schlagt Purzelbäume in meinem Bauch, wenn ich eine Lebensmittelvergiftung habe. Ihr seid der gelbe Eiter bei Bindehautentzündung und meine geschwollenen Mandeln, wenn ich die Stimme verliere, und dann freut ihr euch über meine plötzliche Stummheit. Ihr habt in meinen Weisheitszähnen eine Wohnstatt gefunden, und ich sehe euch auf meinen blauen Flecken tanzen und wie ihr den Springquell meines Blutes bewundert, wenn ich mich mal wieder mit dem Messer geschnitten habe. Ihr seid die Übelkeit beim Autofahren und das Erstickungsgefühl bei meinen Asthmaanfällen, ihr seid die großen ovalen Blasen an meinen Fersen, wenn ich neu gekaufte Schuhe trage. Ich hasse euch alle miteinander systematisch und in alphabetischer Reihenfolge, aber die Trauergefühle verstricken sich miteinander, und ich kann nicht mehr unterscheiden, ob ich euch hasse oder mich selbst oder einfach uns alle zusammen. Du da mit dem wunden Blick hast mein Kopfweh verursacht, du da mit dem verbitterten Zug um die Mundwinkel, wenn du beleidigt bist, und du da, die nie geschieden wurde. Du mit deinen kleinen Essiggläsern, die den Rauchgeruch verzehren sollten, und du mit all deinen schönen Träumen und wie sie langsam verblassten. Du mit deinen vertrauensseligen Augen, die mich so nervös machten, und du, du stiegst immer aus dem Bus aus, wenn mir endlich was zu sagen eingefallen war. Und du da sagtest, ich sei mit Make-up auffallend hübscher, und du da machtest im Urlaub immer Fotos von unserem Essen. Deine milde Stimme, wenn du von deiner Frau sprachst, und du da hast immer gesagt, nur weil man schreit, ist man noch lange nicht im Recht. Natürlich ist man das. Und du da willst immer über Gefühle reden, wenn ich in aller Ruhe was lese, du da lachst über Sachen, die genau betrachtet nicht komisch sind, und du da stehst kritisch zu überhaupt nichts. Und du da sagst, dass Anne Linnets Songtexte banal sind: Das bist du selbst auch bisweilen, und es macht mich wahnsinnig, dass du die olympischen Wettkämpfe im Stabhochsprung schaust, und du da redest ständig über Bücher, die du, das weiß ich genau, gar nicht gelesen hast. Deine niedliche Kleinkindstimme, wenn du mit Hunden sprichst, und überhaupt, dass du mit Tieren redest, als wären sie Menschen. Du da lächelst Menschen an und prostest ihnen zu, die du überhaupt nicht kennst, und du da rufst einfach nie an und nimmst mir damit die Möglichkeit, das Gespräch nicht anzunehmen. Und du da redest mit Menschen ausländischer Herkunft langsamer und lauter, und wenn ich dich darauf hinweise, wirfst du mir vor, ich würde dir Rassismus vorwerfen. Und du da verbreitest Selbstverständlichkeiten über die Einrichtung der Welt und kommst dir dabei wer weiß wie originell vor, à la alle Menschen seien verschieden, und alles Mögliche könne Kunst sein. Du da sagst, ich hätte eine unreife Beziehung zu Brettspielen, nicht Gewinnen ist wichtig, sagst du, sondern Dabeisein, es geht darum, miteinander Spaß zu haben, aber man hat leicht reden, wenn man ein Haus am Rathausplatz sein Eigen nennt. Und du da machst mich wahnsinnig mit deiner asiatischen Schicksalsergebenheit und deinem unerschütterlichen Glauben daran, dass letztlich alles einen Sinn habe. Ihr alle seid meine Unsicherheit, ihr seid sämtliche Teller, die ich voller Wut an die Wand geschmissen habe, ihr seid all die frisch gestrichenen Bänke, auf die ich mich gesetzt, und all die Gläser voll Rotwein, die ich auf weißen Tischtüchern verschüttet habe. Ihr seid das Erstickungsgefühl in der Sekunde, bevor ich mich erbreche, ihr seid das nervtötende Musikstück, das fünfunddreißig Mal pro Tag geübt wurde. Ihr seid all die entmutigenden Gespräche darüber, was ihr von einer Paarbeziehung erwartet, ihr seid der grelle Beiklang in deiner Stimme, der mit wachsender Wut immer lauter wird. Es ist eure Schuld, dass ich mich schreiend und rückwärts durch die Welt bewege. Dass ich nichts ohne Nebengeräusche unternehmen kann und überall, wo ich gehe und stehe, frontal mit Menschen und Dingen und Phänomenen zusammenpralle. Dass ich im Kreis herumirre, dass all meine Äußerungen laut herausplatzen, in Neonlicht getaucht, selbst wenn ich flüstere, klingt es wie Donner, und dass all meine Gefühle frei laufen, und zwar bunt fluoreszierend. Dass ich ein Spiegelbild meiner Gedanken bin, dass ich auf links gedreht zur Welt gekommen bin und meine Eingeweide am Boden hinter mir herschleife, ich hinterlasse blutige Spuren auf den Straßen, in den Häusern, auf Möbeln und in Betten. Es ist eure Schuld.

Zweiter Teil

In dem es im alten Pfarrhaus auf Weihnachten zugeht, unsere Heldin sich nach wärmeren Gefilden sehnt und über Thomas Kingo fantasiert, ihren Arzt verfolgt und weiter dem Abgrund entgegen stürzt.

Wir stehen in einem Laden auf Strøget, der Fußgänger-Einkaufsmeile in Kopenhagen. Ich soll für die Hochzeit meiner Cousine neue Sachen kriegen. Ich mach das nicht, sage ich, ich mach bei dieser Heuchelei nicht mit, ich weigere mich, die Institution der Ehe zu unterstützen. Meine Mutter sagt, sei nicht so kindisch, dass du Probleme mit der Liebe hast, heißt noch lange nicht, dass deine Cousine nicht verdient hat zu heiraten. Die Ehe als solche ist abstrus ehrgeizig, sage ich, die Vorstellung, irgendein Mensch könne sich auf irgendeiner Ebene mit einem anderen Menschen verbinden, ist die reine Utopie, jeder ernste Versuch dazu erscheint mir schwachsinnig. Meine Mutter schubst mich in eine Anprobekabine und legt einen Stapel Kleider auf einen Hocker. Sie baut sich neben mir auf und schaut uns im Spiegel an. Sie sagt, ganz unglaublich, wie ich meinem Vater ähnele. Der einzige Unterschied ist, dass dein Vater nur schwarze Röcke trägt und du keinen Bart hast, sagt meine Mutter lachend. Das findet sie urkomisch, und zwar jedes Mal, wenn sie das zum Besten gibt. Dein bisschen Damenbart fällt kaum auf, sagt meine Mutter, höchstens ganz aus der Nähe betrachtet. Meine Mutter findet, wir stammen ganz sicher von fahrendem Volk ab, dass sei der Grund für unseren starken Haarwuchs, und ich solle nur froh sein, dass ich ihre schwarzen Haare und braunen Augen nicht geerbt habe. Die Leute halten sie oft für eine Pakistanerin oder Türkin und beglückwünschen sie zu ihrem guten Dänisch und dazu, dass sie so frei ist, ohne Kopftuch herumzulaufen. Ich probiere ein oranges Kleid an. Das ist fast echte Seide, sagt meine Mutter, als sie es mir im Rücken zuknöpft. Knitterchiffon, der einen schlechten Tag erwischt hat, murmele ich. Heute ist ein guter Tag, sagt meine Mutter. Sie tritt um mich herum und blickt wissenschaftlich drein. Ich nehme ein lila Kleid von einem Bügel, es ist kurz, ein Gürtel gehört dazu, mit Nieten besetzt. Meine Mutter sagt, sie hatte in meinem Alter auch einen grässlichen Kleidergeschmack. Sie sagt das nachdenklich, wie an sich selbst gewandt, während sie mich betrachtet. Meine Mutter sagt, das ist ganz natürlich, mit der Zeit legt sich das. Sie umkreist mich. Meine Mutter findet, ich solle meine Fraulichkeit unterstreichen. Man muss ja nicht auf schicke Kleidung verzichten, nur weil man keine Hüften hat, sagt sie. Irgendwann habe ich mal ein Buch nach meiner Mutter geworfen, wenn auch ohne wirkliche Absicht, sie zu treffen. Wenn sie das erzählt, klingt es, als hätte es sich um einen backsteingroßen russischen Roman gehandelt, in Wirklichkeit war es ein absolut schmaler Gedichtband von Henrik Nordbrandt, *Lumpenfisch*, glaube ich. Wenn ich darauf hinweise, sagt meine Mutter, und das mir, die ich keinen Fisch vertrage.

Am nächsten Morgen weckt mich mein Vater. Grethe ist krank, sagt er. Ich schaue auf die Uhr, es ist kurz nach zehn. Ich stöhne. Mitten in der Nacht, sage ich. Ich habe um zwei eine Trauung, sagt mein Vater. Er hat eine Falte auf der Stirn. Nein, sage ich, nein und nochmals nein. Grethe ist seine Vorsängerin in der Kirche. Du hast so eine schöne Stimme, sagt er. Nein, sage ich, ich habe einen Kater. Du kannst alle Kirchenlieder auswendig, sagt er, du singst wie ein Engel. Gibt es nicht irgend so was wie einen Aushilfssängerdienst, wo du anrufen kannst, frage ich und drehe mich zur Wand. Mein Vater redet über meine Zeit im Kirchenchor. Ich sage, ganz unglaublich, wie mein gebrochenes Herz derzeit die Leute dazu inspiriert, sich in der Kirche laut das Jawort zuzuschreien. Ich schlafe wieder ein. Ein paar Minuten später kommt mein Vater mit einer Tasse Kaffee und zwei Scheiben Toast. Hinter ihm her seine Frau, sie legt mir ein schwarzes Kleid und das Gesangbuch aufs Bett. Das ist die reine Manipulation, sage ich. Ja, sagt mein Vater. Warum bist du bloß kein Ingenieur, wie alle normalen Väter, sage ich. Du kannst doch singen, sage ich mit einem Blick auf die Frau meines Vaters. Nein, sagt mein Vater, sie spielt schon die Orgel. Was ist mit Multitasking, sage ich, denkt bloß mal an Elton John. Ich lege mich wieder hin und blicke an die Decke.

Ich bin verlassen worden, sage ich, was du hier versuchst, ist für mein geschundenes Herz der reinste Hohn. Nein, sagt mein Vater, es ist eine Trauung. Er sieht seine Frau an. Es ist nur eine Trauung, sagt sie. Ich suche mir bald was anderes zum Wohnen, sage ich. Die Frau meines Vaters nickt. Ich setze mich im Bett auf und gröle los. Herr, vor dein Antlitz treten zwei, um küüüüüüünftig eins zu sein. Die Frau meines Vaters holt ihr transportables Keyboard und setzt sich auf die Bettkante. Sie schlägt ein paar Töne an. Es geht nicht immer nur um dich, sagt sie. Ich singe die ersten beiden Strophen. Sie lächelt mir zu und sagt, wir können zum Abendessen gern gebratenes Bauchfleisch mit Petersiliensoße machen. Ich gelange zur dritten Strophe. Bei „… dass nichts hinfort sie trennt" breche ich in Tränen aus. Ja, ja, alles wird gut, sagt die Frau meines Vaters, du wirst sicher ganz oft heiraten. Mein Vater in der Tür schaut zufrieden aus. Das wird nett, sagt er.

Mein Arzt blickt heute ernst drein. Er sagt, Vertrauen ist wichtig, es ist die Grundlage für eine jegliche Beziehung. Ich will gern mit dir reden, sagt er, aber mir scheint, du willst den Themen, die dich hergebracht haben, möglichst aus dem Weg gehen. Ich leide nur einfach an frei schweifender Assoziatitis, sage ich. Es ist wichtig, seinem Arzt zu vertrauen, sagt mein Arzt. Ich nicke. Dabei denke ich an den britischen Hausarzt Harold Shipman, der seine Patienten systematisch umbrachte. Vertrauen, sagt mein Arzt und schaut mich lange an. Ich sage zu meinem Arzt, er soll nur mal an Struensee denken. Eigentlich war der nur Leibarzt am dänischen Hof, dann verführte er Königin Caroline Mathilde und übernahm dann ganz die Regierung des Landes, nachdem er Christian VII. für geisteskrank erklärt hatte. Mein Arzt schaut mich an. Er sieht müde aus. Er sagt nichts, das macht mich wahnsinnig. Ich beschließe, ihm ein wenig entgegenzukommen. Ärzte sind ja auch nur Menschen, sage ich. Er nickt. Ich schaue meinen Arzt an. Ich wünschte, er würde nur einen einzigen Muskel in seinem Gesicht bewegen. Ich sage, es gibt natürlich auch Gegenbeispiele und nenne den Dichter Emil Aarestrup, der als Landarzt gearbeitet hat. Umfasse mich fester mit deinen runden Armen, sage ich. Jetzt sieht mein Arzt nervös aus. Das ist ein Zitat, sage ich schnell, aus einem Gedicht mit dem Titel *Angst*. Mein Arzt sieht erleichtert aus. Ich sage, dass die Imperative gut funktionieren, die Natursymbole schon weniger gut, und dass der kleine metrische Bruch in der zweiten Strophe die Hinfälligkeit und alles Vergängliche versinnbildlicht. Ich klatsche ihm das Metrum des Gedichts vor. Er deutet an, ich würde vom Thema abweichen. Ich schaue aus dem Fenster und schließe mich seiner Stummheit an. Mein Arzt räuspert sich und sagt meinen Namen. Er wirkt erschrocken, als er sieht, dass ich weine. Er springt von seinem Stuhl auf, läuft zum Handwaschbecken und holt drei Packungen Papiertücher, wobei er etliche Male hintereinander meinen Namen sagt. Er stapelt die Tücher vor mir auf und informiert mich, dass er noch mehr davon in der Schublade hat. Für den Bruchteil einer Sekunde erinnert mich mein Arzt an alle Männer, die ich jemals gekannt habe, und ich denke, dass er wahrscheinlich immer einen Regenschirm mit sich führt, für den Fall, dass es regnet, vielleicht sogar zwei, falls der erste kaputt geht. Er bewegt sich unruhig auf der Stelle und starrt hilflos auf die Tücher, mir scheint, er würde gern eine Arznei zur Verhinderung von Frauentränen erfinden. Er fragt, ob ich ein Glas Wasser möchte. Ich sage nein danke, er nimmt einen kleinen Plastikbecher und dreht den Wasserhahn auf. Als er mir den Becher reicht, sagt er, es ist so viel Wasser da, wie ich will. Am Ende des Tunnels sind Lichterketten, sagt er. Ich schaue aus dem Fenster. Die Blätter fliegen durch die Luft, vom Wind getrieben, zerschellte Farbpaletten eines ruhelosen Malers. Du hast sicher recht, sage ich und falte ein Tuch zu einem Papierflieger. Ich ziele nach seiner Nase, der Flieger schwebt über den Tisch davon.

Seepferdchenmonologe V

Drinnen im Nabel befindet sich eine Zirkusmanege, in der wir uns alle miteinander im Kreise bewegen, lauter kleine Paraden, ganz vorn die Elefanten, dann die Seelöwen, die Zauberkünstler mit Zylindern voll weißer Kaninchen, die Akrobaten mitten im Salto mortale und die Clowns, sie bewerfen einander mit Torten und lassen schepperndes Lachen hören. Die Seiltänzer gehen auf Stelzen oder wandeln über weit oben aufgespannte Seile. Wir wandern um die Manege herum, begleitet von Applauswellen oder von donnernder Stille. Die Zirkusmanege ist von einem Zelt umgeben, und um das Zelt herum gibt es eine Welt, an die wir aber nicht mehr glauben. Jeglicher Ausbruchsversuch ist vergeblich, und die Elefanten seufzen, die Seelöwen weinen, die Clowns schluchzen, die Seiltänzer stürzen ab, und die weißen Kaninchen kratzen einander die Augen aus. Dennoch wandern wir unvermindert im Kreise, kleine Blasen von Menschen und Tieren, die von vornherein aufgegeben haben. Von außen betrachtet würden wir herumlaufenden Miniaturpuppen gleichen, die einander mit Worten, Sätzen und ausgestreckten Händen suchen, mit weit geöffneten Augen und ausgebreiteten Armen. Wir reden aneinander vorbei, mal willentlich, mal aus Gewohnheit, bisweilen auch als raffinierte Rache, meistens aber, weil das Missverständnis allgegenwärtig ist. Wir stellen uns vor, wir könnten Beziehungen eingehen, wir träumen davon, dass Menschen nicht austauschbar sind. Die seltenen Male, dass wir die Existenz der Einsamkeit vergessen, reißt uns die Begeisterung angesichts dieses Glücks derart mit, dass wir es Liebe nennen, auch wenn wir uns der Liebe allerhöchstens so weit nähern können, dass wir einen Menschen treffen, der uns bisweilen am Alleinsein zweifeln lässt. Unsere einzige Hoffnung besteht in einem kurzen, vergänglichen Aufblitzen von Intimität, die allerdings nicht an die Stelle der Einsamkeit tritt, sondern bestenfalls parallel zu ihr existieren kann. Dann sind wir ganz hingerissen, geben einander in der Kirche das Jawort, leben miteinander im Hamsterrad und hinterlassen parallele Fußspuren auf dem Erdenrund. Wir verspüren die schleichende Empfindung einer Illusion, denn zuvor war an der Stelle der Zirkusmanege der Nabel und davor eine Nabelschnur, doch seitdem diese durchschnitten ist, war es uns nie wieder möglich, mit einem anderen Menschen eins zu werden. Die Erinnerung an die Nähe sitzt im Nabel, und wir begreifen niemals ganz und gar, dass wir von allen anderen getrennt sind. Wir verzweifeln und organisieren uns, um uns mit etwas Lebendigem verbunden zu fühlen, doch werden wir von diesem Wesen dann wieder mit einer schnappenden Schere getrennt. Danach werden wir uns ihm nie wieder nähern und auch nie ganz verstehen können warum, plötzlich ist die Einsamkeit verdoppelt. Wir kehren in die Zirkusmanege zurück, resigniert jetzt, und begreifen allmählich, dass alles um sich selbst kreist. Wir gehen in Kreisen, denken in Kreisen, reden in Kreisen, unsere Äußerungen sind surrende Schallplatten, wir leben auf einem runden Planeten, blicken mit runden Augen aus runden Gesichtern auf runde Dinge. Wir sind überlebende Ein-Mann-Armeen, wir kreisen durch die Zirkusmanege, überallhin verfolgt von einem selbstleuchtenden Heiligenschein aus Einsamkeit.

Mein Vater hat einen roten Strickstrumpf am Fußende meines Bettes aufgehängt. Als ich die Augen aufschlage, steckt ein Schokoladenweihnachtsmann den Kopf über den Rand des Strumpfs und grinst mich an. Ich starre in das begeisterte Schokoladengesicht und bin mit einem Schlag hellwach. Ich nehme den Weihnachtsmann mit in die Küche und stelle ihn neben die Kaffeemaschine. Er sieht mir zu, wie ich mir eine Zigarette anzünde, Kaffee in den Filter löffele und zwei Scheiben Brot in den Toaster stecke. Mit einer Gabel bohre ich ein kleines Loch auf Höhe des Schokoladenmundes und stecke ihm eine Zigarette zwischen die Lippen. Dann rauchen wir schweigend eine Weile gemeinsam. Mein Vater kommt in die Küche, er lächelt über das ganze Gesicht. Ihr habt es ja richtig gemütlich, sagt er und deutet auf die Schokoladenfigur. Mein Vater hat strubbeliges Haar, in dem großen Schlafanzug sieht er ganz klein aus. Er sagt, er habe ganz genau hören können, wie etwas Schweres durch den Schornstein geplumpst ist. Rumms, er stellt die Kaffeetasse hart auf den Tisch. Der Kaffee schwappt über und macht einen kleinen braunen See. Und oben auf dem Dach habe ich Rudolphs Glocken gehört, sagt mein Vater. Er summt ein wenig *Jingle Bells*. Ich tue eine Treo-Brausetablette in ein Glas Wasser und murmele etwas von wegen, ich bin spät nach Hause gekommen, ich war mit Mulle in der Stadt, ich habe nichts gehört. Mein Vater meint, wir könnten nachmittags zusammen Konfekt machen. Er zündet seine Pfeife an und erwähnt einen Weihnachtsmarkt auf dem Hof des Gemeindehauses, dort könnten wir ja eine Krippe aufbauen. Meine Schläfen pochen. Mein Vater lächelt. Der Weihnachtsmann raucht grinsend. Ich finde, er sieht böse aus. Die Frau meines Vaters kommt in die Küche. Sie blickt von mir zu meinem Vater, dann starrt sie den Weihnachtsmann zwischen uns an. Ich nehme dem Weihnachtsmann die Zigarette aus dem Mund und stecke sie mir selbst an. Sie schmeckt etwas nach Schokolade. Die Frau meines Vaters macht das Fenster weit auf und holt zwei schwarz angekokelte Brotscheiben aus dem Toaster. Hoppla, sagt mein Vater, das vergessen wir immer. Sie nickt. Der Weihnachtsmann lacht lautlos durch das Loch in seinem Schädel. Ich stelle mich ans Fenster und versuche, mit Rauchringen Schneeflocken einzufangen. Mein Vater sagt, ich mache das ganz und gar verkehrt. Man braucht ein Gefühl für die Windrichtung, er stellt sich neben mich. Wir lehnen uns aus dem Fenster und blasen dem Sonnenaufgang Rauchringe entgegen. Schau, so, er macht einen perfekten, kreisrunden Rauchkringel, der eine Schneeflocke einfängt. Ich denke daran, wie er mir als kleinem Mädchen an der Nordsee beigebracht hat, Steine flitschen zu lassen. Die Frau meines Vaters kratzt das Schwarze von den Brotscheiben. Wir wetteifern darum, wer am meisten Schneeflocken fangen kann. Mein Vater gewinnt mit 5:2. Warum musst du immer gewinnen, sage ich und beiße der Schokoladenfigur den Kopf ab. Mir ist etwas übel. Mein

Vater fragt fröhlich, ob es gut schmeckt. Wie ich merke, hat der Weihnachtsmann die billigste Schokolade bei Aldi gekauft. Ich nicke. Als mein Vater gleich darauf ins Bad geht, kotze ich in den Mülleimer. Große braune Klumpen. Ich sehe den geköpften Schokoladenkörper an. Die Frau meines Vaters reicht mir ein Glas Wasser.

Erst am Nachmittag höre ich meinen Vater zur Haustür hereinkommen. Er kommt ins Wohnzimmer und lächelt mir zu, während er zwei Rollen Marzipan und eine Tafel Kochschokolade auf den Esstisch legt. Ich sitze in seinem Lehnstuhl und sehe *Dr. Quinn – Ärztin aus Leidenschaft*, dazu esse ich Pizza. Ein kleiner Roma-Junge ist in das Dorf von Doktor Quinn gekommen. Er ist stumm und unglücklich und wird von der örtlichen Bevölkerung gemieden, weil seine Mutter vor ihrem Tod im Saloon als Prostituierte gearbeitet hat. Michaela findet heraus, dass er gut zeichnen kann, und irgendwann kommt er an die Kunstakademie. Bis dahin forscht sie auch nach seinem verschwundenen Vater, dem sie klarmacht, dass er eine Verantwortung für den Jungen hat. Als sie auf dem Bahnsteig wieder vereint werden, weine ich ein bisschen. Ein Glück, dass wir Doctor Mike haben, sage ich zu meinem Vater. Er schaut etwas erschrocken und holt eine Küchenrolle. Du magst aber auch deinen richtigen Arzt, sagt mein Vater. Aber niemand ist wie Doctor Mike, sage ich. Das ist doch nur eine Fernsehserie, sagt mein Vater, er tätschelt mir den Kopf. Er sagt, es ist wichtig, zwischen Fiktion und Wirklichkeit unterscheiden zu können. Mein Vater holt Lebensmittelfarben aus der Küche. Als er zurückkommt, trägt er eine Wichtelmütze auf dem Kopf. So, Zeit für

Konfekt, sagt er und reicht mir ein wurstförmiges Stück blasse, klebrige Masse. Er steht in der Küche und schmilzt Schokolade im Wasserbad, durch die Küchentür erzählt er von Kirkens Korshær und Obdachlosen, die einem so leid tun müssen. Mir ist das blasse Marzipan zuwider. Es hat dieselbe Farbe wie meine Oberschenkel im Winter, sage ich zu meinem Vater. Ich spritze grüne Lebensmittelfarbe in die klebrige Masse und forme ein paar kleine Weihnachtsbäume daraus. Mein Vater sagt, das wird ja schön, und fragt, was ich heute sonst noch so gemacht habe. Ich sage, ich habe fünfmal meine Ex angerufen und jedes Mal aufgelegt. Willst du dich nicht lieber mit deiner Masterarbeit beschäftigen, sagt mein Vater. Ich sage, es ist wichtig, up to date zu sein, es klang, als wäre sie in der Stadt, das ließ sich am Hintergrundgeräusch erkennen. Er sagt, vielleicht braucht sie einfach ein bisschen Ruhe, wenn mir langweilig ist, kann ich ja in der Kirche vorbeischauen. Ich frage meinen Vater, ob er glaubt, dass sie eine andere hat. Eine so liebe wie dich findet sie nicht noch mal, er wuschelt mir durchs Haar. Mein Vater fragt, ob ich mir nicht eine Andere suchen kann, er sagt, manchmal tut es gut, was Neues anzufangen. Ja, da kennst du dich aus, sage ich. Mein Vater krümelt kandierte Veilchenblüten über meine Weihnachtsbäume. Man muss zusehen, dass man eine findet, mit der man wirklich reden kann, sagt mein Vater, eine, die gut zuhört. Ich mache eine Marzipanfigur, die aussieht wie mein Arzt. Den Kopf stippe ich in flüssige Schokolade, jetzt hat er dunkle Haare, und drücke zwei spitze Mandelstückchen als Augen hinein. Die kriegen dann noch einen Tropfen grüne Farbe ab. Soll ich das sein, mein Vater deutet auf mein Marzipanmännchen. Ich nicke und wische etwas Schokolade vom Hinterkopf ab, jetzt hat er eine runde Glatze, dann drücke ich ihm ein Marzipanbäuchlein auf. Draußen knirscht der Kies, meine Mutter kommt angeradelt. Sie winkt lächelnd. Das war's dann mit dem Weihnachtsfrieden, sage ich. Mein Vater nickt.

Meine Mutter kommt ins Wohnzimmer und sagt, als Erstes will sie hören, ob ich einen Termin mit der Studienberatung gemacht habe. Ich sage, ich habe fünfmal angerufen, bin aber nicht durchgekommen. Weihnachtszeit eben, sage ich, die Leute schieben Panik. Meine Mutter isst ein paar Stück von unserem Konfekt. Das ist für die Obdachlosen gedacht, sagt mein Vater. Meiner Mutter tun die Obdachlosen auch leid, wirklich, aber man muss auch daran denken, dass sie eigentlich keine Fixkosten haben. Ich esse die missratenen Marzipanstücke und sorge absichtlich dafür, dass genug davon da sind. So was kann man wirklich nicht auf dem Weihnachtsmarkt anbieten, sage ich zu meinem Vater, abgesehen davon bin ich ja selbst obdachlos. Gott im Himmel, was du wieder jammerst, sagt meine Mutter, du kannst dir wohl ewig selbst zuhören. Meine Mutter sagt, ich muss aufpassen, dass ich kein übergewichtiger Loser werde, der nie eine Ausbildung fertig kriegt. Deine Exfrau deutet an, ich wäre dick, sage ich zu meinem Vater. Er blickt verwirrt drein. Meine Mutter beißt einem Marzipanmännchen den Kopf ab. Du isst gerade Vater, schreie ich, du machst mich zur Halbwaise, bist du wahnsinnig. Wir machen einfach einen neuen, sagt mein Vater. Du verzärtelst sie, sagt meine Mutter mit vollem Mund, sie kaut auf Vaters

Kopf herum. Ich kann sehen, wie seine Augen zwischen ihren Zähnen zerplatzen. Kannibalin, fauche ich. Du verwöhnst sie, sagt meine Mutter, das war schon immer so. Es ist doch nur ein bisschen Gemütlichkeit zur Weihnachtszeit, sagt mein Vater. Wenn ich nicht gewesen wäre, würde sie heute durch keine Tür mehr passen, sagt meine Mutter, wenn ich ihr in ihrer Kindheit nicht ein paar Grenzen gesetzt hätte, wäre sie in einem von den Heimen für gescheiterte Jugendliche gelandet, die aus dem Verkauf von Weihnachtsmarken finanziert werden. Du, meine Mutter schaut mich an, pass bloß auf, Schatz, du neigst zur Fettleibigkeit. Sie stibitzt mir das Stückchen Konfekt, das ich gerade essen will, und steckt es sich in den Mund. Du wirst nur ein bisschen pummelig, sagt mein Vater und tätschelt mir die Haare. Du hast dich immer so gefreut, wenn du Schokolade bekommen hast, sagt er und schaut selber glücklich. Und du hast sie beim kleinsten Winseln mit Süßigkeiten vollgestopft, nur weil du selbst glücklich bist, wenn sie lächelt, sagt meine Mutter. Mein Vater blickt kleinlaut drein. Herrgott noch mal, sagt er, Weihnachten ist doch nur einmal im Jahr.

Weihnachtsmarkt in *Den Gamle By*. Mulle schiebt den Rollstuhl ihrer Großmutter. Die alte Dame hat einen Häkelschal um die Schultern und schaut durch goldgerahmte Brillengläser auf die Rekonstruktion ihrer Jugendzeit. Auf dem Kopf hat sie eine Pelzmütze, die Hände sind in einem Muff begraben. Als sie mich sieht, ruft sie, das ist ja die Tochter vom Pfarrer. Ich nehme ihre Hände und tätschele ihre Pelzmütze. Sie liebt Fraaauen, schreit Mulles Großmutter Mulle zu und deutet auf mich. Mulle nickt. Das ist ja angeblich jetzt so modern, sagt Mulles Großmutter und windet sich beim Wort *modern*. Ja, unglaublich, was man alles anstellt, um die neueste Mode mitzumachen, sage ich. Mulles Großmutter fragt mich, wie es mir geht. Meine Liebste hat mich rausgeworfen, rufe ich in ihr Hörgerät. Das kommt davon, wenn man so ein Lotterleben führt, schreit Mulles Großmutter, ein Vogel in der Hand ist besser als zehn auf dem Dach. Ich hasse Vögel, sage ich. Im Grunde seltsam, dass niemand dich haben will, sagt Mulles Großmutter, du bist eigentlich so ein nettes Mädchen. Ich nicke. Du hast bei mir am Bett gesessen und mir Kirchenlieder vorgesungen, als ich mit der neuen Hüfte im Krankenhaus war, sagt Mulles Großmutter. Das ist eine von ihren Lieblingsanekdoten. Ja, sie ist nie über ihre Zeit beim Kirchenchor hinweggekommen, sagt Mulle. Wir kaufen Mulles Großmutter ein Glas Glühwein und schieben sie rüber zu einer Weihnachtsmännerausstellung. Der rote Dampf legt einen rosa Schleier über ihre Brille. So allmählich geht Weihnachten mir auf die Nerven, sage ich, das Pfarrhaus ist zu einer Krippe umgebaut, meine böse Stiefmutter singt den ganzen Tag Weihnachtslieder. Dein Vater ist ein fabelhafter Mann, ruft Mulles Großmutter, während sie sich im Takt von *O Tannenbaum* wiegt, das ein Weihnachtsmann auf einer Ziehharmonika spielt. Wird allmählich Zeit, dass du eine Neue findest, sagt Mulle. Ich sage, dazu bin ich überhaupt noch nicht bereit. Nächstes Mal nimm besser einen Mann, sagt Mulles Großmutter. Die Zeiten ändern sich, Großmutter, sagt Mulle. Großmutter macht pah. Solange sie sich nicht mit einem Afrikaner einlässt, sagt Mulles Großmutter, das wäre das Schlimmste. Mulle schaltet ihr das Hörgerät aus und legt ihr eine Decke um die Schultern. Vielleicht soll ich ja einfach allein leben, sage ich, manche Menschen sind für Zweisamkeit nicht geeignet. Das Problem der Jugend ist, ihr seid viel zu ungeduldig, schreit Großmutter, ihr wollt euch lieber herumtreiben. Sie erzählt von Mulles Großvater, der vor vielen Jahren gestorben ist. Er hat mich ein bisschen an den Pfarrer erinnert, sagt sie. Wie lange braucht man, um darüber wegzukommen, frage ich Mulles Großmutter und gebe ihr einen Raderkuchen. Die sind zu weich, sagt Mulle und schnappt ihr den Kuchen weg, die setzen sich in ihrem Gebiss fest. Gib her, schreit Mulles Großmutter. Ein Weihnachtsmann bleibt vor uns stehen und blickt uns tadelnd an. Mulles Großmutter nimmt ihre Hände aus dem Muff und winkt ihm hoheitsvoll zu. Sie spuckt mir ihr Gebiss in die Hand und nimmt einen Haps von dem Raderkuchen. Mulles Großmutter sagt, sie denkt jeden Tag an ihren Mann, aber sie denkt ebenso gut an andere Sachen. Zum Beispiel an den Pfarrer, sagt Mulle. Naseweises Ding du, sagt Mulles Großmutter und nimmt noch einen Raderkuchen. Ich sage zu Mulle, dass ich erwäge, über Weihnachten aus dem Lande zu fliehen. Ich fliege zurück nach Indien, sage ich. Als sich der Abend über *Den Gamle By* senkt, ist Mulles Großmutter eingeschlafen. Bevor ich mit dem Fahrrad nach Hause fahre, wacht sie mit einem Satz auf und gibt mir eine Dose Kekse. Für den Pfarrer, sagt sie mit zahnlosem Lächeln, und ich tausche ein Gebiss aus meiner Manteltasche gegen eine Dose Vanillekringel.

Ich frage meinen Arzt, ob es vielleicht Menschen gibt, die rein chemisch gesehen nicht für Paarbeziehungen geeignet sind. Ob man mehr oder weniger Talent für praktizierte Liebe haben kann. Er sagt, natürlich gibt es asexuelle Menschen, aber das wird nicht mehr länger als Störung angesehen. Asexualität kann ich eindeutig ausschließen, sage ich, auf dieser Skala tendiere ich deutlich mehr zur Nymphomanieseite hin. Mein Arzt sagt, es ist völlig normal, Asexualität zu leugnen, nicht zuletzt, weil dieses Gebiet so wenig erforscht ist, asexuelle Menschen fühlen sich aus der Gesellschaft ausgeschlossen. Er berichtet, dass sich das Phänomen auch bei bestimmten Säugetierarten beobachten lässt, unter anderem bei Pferden, Ziegen und Kaninchen. Wie gesagt, ich fühle mich nicht asexuell, sage ich. Er berichtet, dass es unglaublich schwierig ist, Asexualität nachzuweisen, eine Untersuchung hat gezeigt, dass der Hormonspiegel von Tieren ohne Sexualtrieb ebenso hoch ist wie der ihrer sexuell aktiven Artgenossen. Er legt die Hände auf den Tisch, dann reibt er sie aneinander. Er räuspert sich und sagt, ach ja, der Ausgangspunkt waren ja Paarbeziehungen. Er spricht kurz über die Wichtigkeit von Vertrauen und wie essenziell es ist, miteinander zu reden. Ich rede ja die ganze Zeit, sage ich, ich komme mir vor wie ein hellrotes Duracell-Kaninchen. Es kommt schon auch darauf an, was man sagt und wie man es sagt, sagt mein Arzt behutsam und streichelt sacht den Locher auf seinem Schreibtisch. Ich frage, ob er für wirklich schwierige Patienten extra Urlaubstage bekommt oder ob er so welche wie mich von der Steuer absetzen kann. Wieder räuspert er sich, er sagt, er versteht schon absolut, dass ich gerade eine schwierige Zeit durchmache. Ich frage, ob Ärzte ihre Patienten lieben, egal wie. Manche von ihnen, sagt er mit verhaltenem Lächeln.

Als ich aufwache, habe ich Kopfweh. Ich kann nicht erkennen, wo ich bin. Ich schaue mich um, in der Sekunde danach muss ich kotzen. Ein Polizeibeamter öffnet die Tür und reicht mir ein Glas Wasser. Bin ich festgenommen worden, stöhne ich. Nein, sagt er, du wirst die Scheiben bezahlen müssen, aber wegen Sachbeschädigung kommt man nicht gleich ins Gefängnis. Es geht mir nicht so gut, ich war gestern ziemlich besoffen, sage ich. Er nickt. Ich bin verlassen worden, sage ich. Er fragt, ob es jemanden gibt, den er anrufen kann. Ich trinke das Wasserglas aus. Zwanzig Minuten später holen meine Eltern mich in der Polizeiwache ab. Ich stehe am Tresen und sehe sie schon durch das Fenster. Die Sonne tut mir in den Augen weh, es ist die reinste Folter. Meine Mutter trippelt auf hohen Absätzen über die zugefrorenen Pfützen. Was hast du bloß wieder gemacht, sagt sie, als die Tür aufgeht. Ich habe gar nix gemacht, sage ich, *du* hast was gemacht, nämlich mich. Alles deine Schuld. Mein Vater schaut bekümmert drein und macht einen Schritt rückwärts. Ich sehe zu Boden. Du dummes Ding, sagt mein Vater. Er gibt mir eine Tüte mit einer Flasche Mineralwasser, einem Röhrchen Magnesiumtabletten und einem Päckchen Zigaretten. Meine Mutter reißt mir die Zigaretten aus der Hand und nimmt sich eine. Mein Vater zündet sie ihr an. Vielleicht hat mir einer was in den Drink getan, sage ich. Ach, halt doch den Mund, sagt meine Mutter. Mein Vater räuspert sich. Er sagt, es ist wichtig, den Niederlagen, die das Leben uns zufügt, mit erhobenem Kopf zu begegnen. Ach, halt doch den Mund, sagt meine Mutter und deutet mit dem Finger auf mich, die hat nicht mehr Rückgrat als ein Regenwurm. Herrgott, sagt mein Vater, sie hat doch niemanden umgebracht. Warst du gestern nicht mit Mulle zusammen, fragt meine Mutter. Ja, aber bevor es heiß wird, zieht sich die Spindoktorin immer zurück, sage ich. Ein älterer Beamter erzählt meinen Eltern, dass ich nicht wegen Sachbeschädigung angezeigt werde, aber ich muss mich darauf einstellen, eine Ordnungsstrafe zu zahlen. Mein Vater stellt einen Scheck aus. Ich kotze in einen Mülleimer. Meine Mutter zündet sich noch eine Zigarette an. Mein Vater sagt, so, Schwamm drüber. Ach, halt doch den Mund, sagt meine Mutter, das werden wir noch gründlich besprechen. Man kann auch zu viel reden, sagt mein Vater. Nein, sagt meine Mutter. Es tut ihr doch leid, sagt mein Vater. Ich nicke und lehne den Kopf an seine Schulter. Du führst dich auf wie eine Horde Vandalen, und du jammerst rum, faucht meine Mutter. Ich fühle mich einsam, sage ich, warum hat sie mich verlassen. Ja, das ist schier unbegreiflich, sagt meine Mutter. Der Beamte bringt eine Quittung. Ihr solltet mal was dafür tun, dass ihr die junge Frau in den Griff kriegt, er deutet auf mich, sie hat uns heute Nacht fast die Ausnüchterungszelle demoliert. Ach, halt doch den Mund, sagt meine Mutter, mit meiner Tochter ist alles in Ordnung, es tut ihr doch leid. Trotzdem sollte man die Beamten nicht beißen, sagt der Beamte. Stimmt, sagt mein Vater. Meine Mutter marschiert zum Auto zurück, sie lässt ihre Handtasche schwingen. Die Sonne trifft den Schnee auf ihrem roten Hut, es sieht aus, als trüge sie Kerzen in den Haaren.

Indien, sagt mein Arzt. Ich nicke. Ich hasse Weihnachten, sage ich, ich komme nicht wieder nach Hause, bevor die Gemeinde auch noch den letzten Weihnachtsmann aus dem öffentlichen Raum entfernt hat. Das ist meine Form von Protest, sage ich zu meinem Arzt. Er bereitet die Nadel vor. Mit aufwallender Furcht bemerke ich ein lüsternes Funkeln in seinem Augenwinkel. Er berichtet von einem Forschungsprojekt, an dem er mal teilgenommen hat. Das hat wirklich Laune gemacht, sagt er fröhlich, das Projekt bestand darin, Mäuse zu spritzen. Ich finde Laune ein unpassendes Wort. Ich habe einen Flashback, den ich gern vermieden hätte. Ein Bild meines Arztes vor rund zehn Jahren, umgeben von toten Mäusen und mit demselben leicht triumphierenden Glitzern in den Augen. Aber dann war es doch ein Problem, Mäuse zu verwenden, erzählt er. Sie sind gegen so gut wie alles resistent und kaum totzukriegen. Er schaut etwas verärgert aus. Er berührt die Nadel. Es tut nicht weh, sagt er und rollt etwas Watte zwischen seinen Händen, dazu pfeift er leise. Ich denke an Blut. Er arbeitet rasch und konzentriert, und es irritiert mich, dass seine Hände so gut aussehen. Auf einmal weiß ich, wie er mit sieben Jahren beim Legospielen aussah. Konzentriert, ein klein wenig autistisch, für die Welt nicht erreichbar. Er sieht mich an, als würde er gerade meine Existenz wiederentdecken, und lächelt beinahe vertrauensvoll, während die Nadel sich meiner Schulter nähert. Ich denke an spitze Gegenstände, an eine italienische Dartspielerin in Florenz, deren Pfeil mich zufällig traf, an Reißzwecken, die mit dem flachen Kopf am Boden liegen, denn Dorn nach oben, an Wespen und an rostige Nägel, die aus der Wand hervorstehen. Er streicht mir das Haar von der Schulter. Natürlich hat er recht, es tut nicht weh, dennoch schreie ich ungehemmt los, einfach, um für ein bisschen Stimmung zu sorgen. Ich hasse Menschen, die recht haben. Nicht einmal dieser Auftritt lässt seine Hand zittern. Frohe Weihnachten und glückliche Reise, sagt er, während ich mich ins Schneetreiben aufmache.

Ein paar Tage danach sitze ich auf dem Sofa meines Vaters unter einer Bettdecke. Die Frau meines Vaters hat mich derart in Schals gewickelt, dass ich kaum mehr Luft kriege. Mitten in einem Hustenanfall ruft meine Mutter an. Bist du krank, sagt meine Mutter. Sie klingt bedrohlich. Nein, keuche ich, aber ich habe kaum mehr Stimme. Meine Mutter schimpft mich aus. Wenn ich krank bin, wird sie immer sehr böse. Sie redet über warme Anziehsachen, gesunde Essensgewohnheiten, täglich eine halbe Stunde Bewegung, sie verbreitet verschiedene Theorien über Stress. Du bist eine Kerze, die an beiden Enden brennt, ruft sie. Ich huste, ich ringe nach Atem. Du klingst wie ein Mann, schreit meine Mutter, du jammerst herum und führst ein ungesundes Leben, wie oft habe ich das schon gesagt. Ja, ja, flüstere ich. Meine Mutter will mir einen neuen Mantel schenken. Einen schweren, warmen, den darfst du nie ausziehen, ruft sie. Auch im Sommer, flüstere ich. Ja, donnert sie, und du musst dein Asthmaspray verwenden, das Rauchen aufgeben und abends früh ins Bett gehen. Dir soll es gut gehen, kreischt meine Mutter, du sollst fröhlich sein und gesund. Ich werde wohl mal zum Arzt gehen, ächze ich. Nein, ruft meine Mutter, du bist ja völlig besessen von diesem Arzt, eine Mutter spürt so was. Ich habe Kopfweh, ich halte das Telefon am ausgestreckten Arm von mir. Ja, sie ist krank, sagt mein Vater. Nicht so viel, sagt er nach einer kurzen Pause, nur Mentholzigaretten. Dumpf höre ich den Klang der Stimme meiner Mutter unter der Bettdecke. Meine Schläfen pochen, mein Körper ist schweißnass. Herrgott, sagt mein Vater. Ich schaue unter der Bettdecke hervor. Mein Vater hat den Fernseher angemacht und sieht beim Telefonieren ein Eishockeyspiel ohne Ton. Ein Tor fällt, mein Vater ist begeistert. Viele Männer auf Schlittschuhen umarmen einander lachend. Die nächsten paar Minuten brummt mein Vater in regelmäßigen Abständen, bis er auflegt. Es ist nur Fürsorge, sagt mein Vater. Mother's gonna make all your nightmares come true, Mother's gonna put all her fears into you, singt er leise und dreht den Ton lauter.

Seepferdchenmonologe VI

Drinnen im Mund befindet sich eine Tropfsteinhöhle, ein dunkelroter Raum, Elfenbeinsäulen in Sälen, in denen Teenager tanzen, als gelte es das Leben. Hier erinnere ich mich daran, wie ihr geschmeckt habt, eure Zungen, die wie nasse Seeungeheuer tanzen, wir verwickeln uns ineinander, ein Kindergarten, in dem Knotenmutter gespielt wird, wir sind verfitzte Garnknäuel und verfilzte Afrofrisuren, sind zugestaubte Computerkabel und Spaghettis, zu einem großen Klumpen Kohlenhydrate verkleistert. Du da schmeckst ein bisschen salzig, du da hast einen Beigeschmack von Lavendel. Du da lutschst Stimorol-Pastillen, die mit Lakritz, und du da isst immer Pökelwurst mit Kräutern. Ihr mit euren Lippen, eurem Amorbogen, den Geschmacksknospen auf euren Zungen, kleinen Nupsis, die zum Zäpfchen hinführen, und da drinnen hinter dem Zäpfchen befindet sich eine Schatzkiste, darin bewahre ich euer Lächeln auf. Eure Lippen in allen nur denkbaren Formen, eure Mundwinkel und Muskelkontraktionen. Euer Lächeln verrät alles Mögliche, alle möglichen Hintergedanken. Wenn du da die Augen niederschlugst, dann waren die Falten auf deinen Lidern, war diese dünne Haut eine Filmleinwand, und die hellroten Äderchen die Zweige eines Baums im Botanischen Garten. Du da mit deinen Lachfalten, sie erstrecken sich in fünf verschiedene Richtungen und zeichnen Muster um deine Augen, lange, verschlungene Arabesken in der Haut. Und du da mit deinen sich langsam ausprägenden Grübchen, sie sind die Heerscharen von Gewittertierchen, die sich im Sommer auf mein gelbes Kleid setzen, die ersten Tropfen eines Regengusses, nach dem man am liebsten in den Pfützen herumschwimmen würde. Ich sehe euer Lächeln vor mir in allen möglichen Ausformungen, es verzaubert und verwirrt und verstört mich, ich sehe es überall, euer Phantomlächeln. Ich sehe es vor der Parlamentswahl an den Laternenpfosten vervielfacht, allerlei dort angebrachtes Lächeln, und es ist euer Lächeln, das ich da sehe, es hängt an den Bäumen wie Kirschen, es baumelt an Telefondrähten, euer Lächeln, es hängt mit Klammern an Wäscheleinen und weht im Wind. Lächeln und Lächelähnliches, für verschiedene Gelegenheiten reserviert, verschiedenes Lächeln lässt sich mischen, eines kann das andere ablösen, sie gleiten ineinander, ersetzen einander oder existieren gleichzeitig. Ich öffne meine Schatzkiste in der Kammer hinter dem Zäpfchen und werde von eurem Lächeln geblendet, es strahlt mir entgegen, und mich ergreift Panik, stell dir bloß vor, euer Lächeln würde verschwinden. Ich will es in all seinen Schattierungen bewahren, ich will mich zur Keramikerin ausbilden lassen und euer Lächeln in Ton nachbilden, will es als Bildhauerin in Bronze gießen und auf Ausstellungen zeigen. Ich will euer Lächeln mit einem Stock auf den Strand zeichnen, es mit einem stumpfen Bastelmesser in Holz schnitzen, es mir auf die Oberarme tätowieren lassen wie ein Seemann, dann bin ich endlich, endlich von eurem Lächeln ganz umhüllt.

Ein Abend in der Kneipe mit Mulle. Beim Reinkommen entdecke ich hinten in der Ecke an einem Tisch meinen Arzt mit ein paar ungefähr gleichaltrigen Männern. Komm, wir setzen uns hier hin, ich zeige auf einen Tisch dicht daneben. Auf dem Boden steht eine große Topfpflanze, ich verschiebe sie etwas, sodass sie mein Gesicht verbirgt. Vor wem willst du dich verstecken, sagt Mulle. Vor der Welt, sage ich. Mein Arzt und die anderen Männer klingen wie Kollegen. Sie reden und lachen, es geht um Augenoperationen und einen nervösen Chirurgen, den sie kennen. Männer von Mitte dreißig haben irgend so was an sich, das mich an Jungs im Konfirmandenalter erinnert. Wie seinerzeit sind ihre Stimmen etwas zu laut, und ihre Gespräche drehen sich um alles andere als das, was sie eigentlich beschäftigt. Sie versuchen, auf der Grenze zwischen lässiger Jugendlichkeit und attraktiver Reife zu balancieren, die aber keinesfalls ins Väterliche tendieren darf. Als Mulle aufsteht, um uns etwas zu trinken zu holen, verstummen sie plötzlich. Ich linse zwischen den Blättern hindurch. Mulle ist hübsch. Heute sieht ihr langes rotes Haar wie Lava aus, die ihren Rücken hinabfließt. Die Ärzte betrachten den Vulkan, der da an ihnen vorübergeht. Einer um den anderen zieht eine Augenbraue hoch und lächelt ihr zu, doch ist das ein Lächeln, das schon nicht mehr an sich selbst glaubt. Alle miteinander versuchen sie möglichst unauffällig, jünger auszusehen, als sie sind. Sie tun so, als müssten sie nicht irgendwann nach Hause und am Montag wieder zur Arbeit. Und doch zeichnet sich in ihren Gesichtern eine Müdigkeit ab, die sich nicht verbergen lässt. Sie wissen nicht, dass das eigentlich Attraktive an ihnen nicht in ihren Bestrebungen liegt, sondern eher in der von innen leuchtenden Sehnsucht, dem Begehren nach etwas anderem. Nicht nach etwas Größerem oder Schönerem, nur einfach nach etwas anderem als dem, was ihnen widerfahren ist. Sie sind glücklich und lieben ihre Frauen und besonders ihre Kinder. Sie bereuen nichts, und gerade aus diesem Grund können sie diese alles verzehrende Empfindung von Verdruss nicht begreifen. Diesen verwirrenden Zusammenstoß dürfte es nicht geben, aber er ist unausweichlich, die überschießende Energie leuchtet aus allen Rissen hervor und heftet sich wie ein tanzender Schatten an ihre Körper. Mulle stellt zwei Bier vor uns hin. Skål, ruft sie und hebt ihr Glas in Richtung des Ecktischs. Wie auf Kommando richten die Männer sich auf, heben ihrerseits ihre Biergläser und lächeln genau im selben Moment mehr oder weniger dasselbe Lächeln, etwas überrascht, als ob sie gerade aufgewacht wären. Ich ducke mich. Na, da ist ja wohl wer im Panikalter, flüstert Mulle. Die gibt es überall, sage ich, sie leuchten wie kleine neonbunte Reflexe rund um den Erdball. Auf der ganzen Welt sitzen sie allein oder im Rudel in den Kneipen, mit leerem Blick. Mulle fragt, ob wir jetzt einen trinken oder anthropologische Feldstudien betreiben wollen. Ich rede ein wenig über existenzielle Grundbedingungen.

Melancholie, Mulle, sage ich, Minderwertigkeitskomplexe. Mäxchen, macht Mulle. Sie stellt zwei Würfelbecher auf den Tisch.

Mir fällt ein Würfel auf den Boden, ich krieche unter den Tisch. Von dort höre ich bruchstückhaft die Sätze der Ärzte. Es soll zwar wirken, als würden sie miteinander reden, aber es klingt, als würde sie allesamt schreien. Nicht untereinander, nicht an irgendwen gerichtet, sondern ohrenbetäubende Schreie in den Weltraum hinaus. Die meisten von ihnen schreien, weil sie verheiratet sind und Kinder haben und an der damit verbundenen Glücksverpflichtung fast ersticken. Die anderen, die unbedingt noch in eine andere Kneipe weiterziehen wollen, schreien, weil sie weder verheiratet sind noch Kinder haben und an der damit verbundenen Freiheitsverpflichtung fast ersticken. In Mulle und mir herrscht eine andere Verzweiflung und gellen ein paar andere Schreie. Weil wir noch keine Lebensentscheidungen getroffen haben, die wir danach bereuen könnten, stehen lauter mögliche Fehlentscheidungen in Reih und Glied bereit und warten, dass wir sie begehen. Ununterbrochen spüren wir ihre Regungen, doch unsere Angst ist schwieriger auszumachen, denn unsere künftige Reue ist bislang noch eher vage. Noch können wir uns mit der Zeit entschuldigen, aber wir wissen auch, dass wir älter werden, ohne es zu bemerken. Die Anzeichen dafür sind noch undeutlich, von unseren Körpern noch nicht ablesbar, doch in nicht allzu ferner Zukunft werden wir nicht mehr das Objekt männlicher Blicke sein und wird unsere Jugend uns nicht mehr als Entschuldigung dienen können. Als ich mich wieder auf den Stuhl hochhieve, bemerke ich, dass ich allmählich beschwipst bin, die Kneipe dreht sich ein wenig um mich. Ich mache ein Loch in eines der Blätter, damit ich den Arzttisch beobachten kann. Mulle fragt, ob ich unter die Privatdetektive gegangen bin, und sagt, in der Branche liegt auch mehr Geld drin als in den humanwissenschaftlichen Fächern. Ich blicke durch die Pflanze nach meinem Arzt, er wirkt etwas weniger aufgedreht als die anderen, suchend auf eine Weise, die mir Lust macht, gefunden zu werden. Ich denke, dass er wahrscheinlich schon vor zehn Jahren hier gesessen hat, vielleicht auf demselben Stuhl, und dass der kleidsame melancholische Schleier, der ihn umgibt, über die Zeit entstanden ist. Er trommelt mit den Fingern auf der Tischplatte und fummelt etwas mit dem Aschenbecher herum, als würde er auf irgendein Ereignis warten, ohne genau zu wissen, worauf. Fünferpasch, sagt Mulle, du bist im Würfeln so schlecht, das gibt's gar nicht.

Als ich zurück zum Pfarrhaus radele, liegt Frühlingsduft in der Luft, auch wenn es dafür eigentlich noch zu früh ist. Mir kommt Anne Linnets Lied in den Sinn. Worüber wir geweint in unserm Leben, löst sich in Hoffnung auf an einem Frühlingstag, singe ich. Ich denke an die kleine Versammlung um den Ecktisch, die sich jetzt in alle vier Winde zerstreut hat. Ich stelle mir vor, wie sie in ihren Wohnungen kreisen, mit dem Gefühl, in einem Film mitzuwirken, den sie irgendwann schon mal gesehen haben. Beim Anblick ihrer Möbel und der Bilder an der Wand wundern sie sich, wie sie hier gelandet sind. Sie betrachten die Menschen, mit denen sie verheiratet sind, und mit der Zeit fallen ihnen Veränderungen in deren Bewegungen auf. Sie denken, die Berührungen zwischen ihnen und ihren Ehepartnern sind derart natürliche Verlängerungen ihrer eigenen Körper geworden, dass man sie kaum mehr als Berührungen bezeichnen kann, sie ereignen sich so spontan, dass sie eher als mehr oder weniger zufällige Kollisionen zu verstehen sind. Ich gerate mit meinem Fahrrad ein wenig ins Schlingern, fange mich aber wieder. Doch jetzt ist alles still hier in der Stube, und große Worte sind nicht leicht gesagt, singe ich. Ein Film läuft in meinem Kopf ab, ich versuche, mir ihr Leben vorzustellen. Vielleicht sollte ich Filmregisseurin werden, sage ich zu einer

Hängebirke am Wegesrand. Ihre Blätter regen sich im Wind, sie scheint mir zuzunicken. Ich zoome lauter Menschen in den Dreißigern herbei. Mit ebensoviel Sorge wie Liebe reden sie über ihre Kinder, die sie in Sicherheit aufziehen und ins Schwimmbad bringen. Der Redestrom dieser Kinder löst sanft trauliche Blicke quer durch Küchen aus. Über Torten mit drei Kerzen drauf finden sich ihre Blicke, sie spüren die Wärme und sehen sich selbst als Liebesmaschinen, stampfende Motoren, in Gang gehalten von den Menschlein, die sie miteinander geschaffen haben. Sie holen abends Teddybären und ein Glas Milch, sie ziehen Wackelzähne raus. Mit simultanen Bewegungen sammeln sie grellbunte Puzzleteilchen vom Boden auf und schmieren Pausenbrote im Takt. Sie wissen, dass sie einander lieben, sie lieben einander, wie sie atmen, nämlich ohne einen Gedanken daran, denn es ist eine Notwendigkeit. Ich versuche, mir beim Fahren eine Zigarette anzuzünden. In der Sekunde, als sie endlich brennt, stürze ich. Eine Weile bleibe ich liegen und stelle mich tot, aber da niemand zugegen ist, stehe ich bald wieder auf. Gleich wieder zurück in den Sattel, sage ich mit tiefer Stimme und denke an meinen Vater. Ich entwerfe eine neue Szene. Jetzt sind sie bei einem befreundeten Ehepaar zum Abendessen. Für die Kinder ihrer Freunde interessieren sie sich beiläufig, vor allem, wenn ihnen das zu Geschichten oder vergleichenden Anekdoten über ihre eigene Brut Anlass gibt. Sie blicken einander über den Tisch hin an und sagen wir und uns, sie verspüren eine beruhigende Zusammengehörigkeit. Etwas Sinnstiftendes, an dem man durchaus mit Gewinn festhalten kann, und die Wörter dienen dazu, es zu beweisen. Ihre Stimmen klingen milde, die nacheinander in ihren Erzählungen – die nur Eltern interessant finden können – vorkommenden Namen sind austauschbar, gleichgültig, denn bemerkenswert sind nur ihre Stimmen. Sie reden in derselben Tonart wie sämtliche Elternpaare, die es jemals gab. Es klingt, als würden sie die ganze Zeit seufzen, beim Reden und beim Zuhören, dann, wenn sie tatsächlich seufzen, und auch dann, wenn nicht. Sie sagen zueinander, es sind ja vor allem die ersten drei Jahre, doch nach den ersten drei Jahren werden sie haargenau dasselbe Gespräch haben, nur dass es dann um die Schulzeit geht, danach um die Pubertät, und mit allerletzter, weit ausgreifender Resignation werden sie irgendwann meinen, die Normalität werde wieder einkehren, wenn die Kinder mal aus dem Haus sind. Schon rührend, dass sie die ganze Zeit reden, als ob irgendwas wiederkommen würde, sage ich zu einer Katze, die kurz innehält und zusieht, wie ich das Fahrrad vor dem Pfarrhaus abstelle. Als gäbe es eine Leidenschaft, in die sie nach Ablauf irgendeiner Zeit wieder eintreten würden, sage ich und streichele sie. Ich finde, sie wirkt interessiert. Faszinierend, irgendwas bringt die Leute zu dem Glauben, eines Morgens würden sie aufwachen, und alles wäre so wie zuvor, wie in ihrer Erinnerung. Was lässt sie nur so sicher sein, dass das Begehren, das sich eines Tages wieder rühren wird, sich dann jedenfalls auf die Person richtet, mit der sie verheiratet sind, frage ich. Diese felsenfeste Überzeugung bewegt sich irgendwo zwischen bewunderungswürdiger Naivität und maßloser Schönheit, sage ich zu der Katze. Ihr Fell ist orange, sie ähnelt Garfield ein bisschen.

Wenn Mulle eine Katze wäre, dann würde sie genauso aussehen wie du, sage ich. In der Küche haben mein Vater und seine Frau für mich einen mit Alufolie bedeckten Teller vor die Mikrowelle gestellt. Lasagne und Bohnensalat. Ich nehme die Lasagne mit in den Garten und setze mich neben die Katze ins Gras. Plötzlich bin ich ganz gerührt, wie lieb mein Vater und seine Frau zu mir sind. Sie denken immer an mich, sage ich zu Garfield. Ich wackle zurück ins Haus und postiere mich vor die Schlafzimmertür von meinem Vater und seiner Frau. Ihr wisst es sicher tief im Herzen, auch wenn ich selten große Worte sag, singe ich durchs Schlüsselloch. Mein Vater öffnet die Tür im Schlafanzug. Ich versuche, das Zwischenspiel zu pfeifen, aber ich höre gleich, es klingt viel besser, wenn Anne Linnet es auf ihrer Gitarre spielt. Gute Nacht, sagt mein Vater.

Am nächsten Morgen stehe ich früh auf und mache meinem Vater und seiner Frau Frühstück. Bacon and Eggs und kleine amerikanische Pfannkuchen mit Sirup. Da hat wohl wer ein schlechtes Gewissen, sagt die Frau meines Vaters. Entschuldigung, dass ich euch heute Nacht geweckt habe, sage ich. Sie lacht. Schon vergessen, sagt mein Vater und blickt auf den Berg aus gebratenem Speck auf seinem Teller. An der Frau meines Vaters kann ich am besten ihr heiseres Lachen leiden. Sie klingt wie ein Rockstar kurz nach der Rückkehr von einer Welttournee. Wenn alles sonst schiefgeht, kannst du ein Bed and Breakfast aufmachen, sagt sie. Alles sonst ist schon schiefgegangen, sage ich. Mein Vater bricht zur Kirche auf, und die Idee setzt sich langsam in mir fest. Ich erzähle der Frau meines Vaters, dass ich mit meiner Masterarbeit noch nicht so richtig in Gang gekommen bin. Vielleicht willst du sie ja eigentlich gar nicht schreiben, sagt sie. Die Frau meines Vaters erwähnt den alten Lagerschuppen, der ungenutzt leersteht. Ich mache ein Frühstücksrestaurant auf, sage ich, das wird mein Lebensziel. Die Frau meines Vaters sagt, davon hat sie auch schon immer geträumt. Sie holt ein paar Buntstifte und einen Block, und wir zeichnen Entwürfe für das Restaurant. Kleine runde Tische und eine kleine Garderobe. Sie malt einen gewaltigen Flügel in die Ecke. Ich einen Bücherschrank auf der anderen Seite. Du kannst unsere Küche benutzen, um für die Gäste zu kochen, sagt die Frau meines Vaters. Wir legen mehrere Blätter Papier auf den Boden und kleben sie zusammen, wir krabbeln auf dem Restaurant herum. Eine gute Atmosphäre ist wichtig, sagt die Frau meines Vaters, und ich zeichne Vasen mit Sonnenblumen auf die Tische. Sie fügt ein paar Kerzen und karierte Gardinen hinzu. Ich zeichne ein paar Palmen auf den Boden und einen kleinen Springbrunnen mitten in den Raum. Als die Frau meines Vaters den Springbrunnen sieht, runzelt sie die Stirn. Ist es wegen der Stromrechnung, frage ich. Sie sagt, nein, aber es ist wichtig, einer Stilrichtung treu zu bleiben und sich nicht zu sehr zu verzetteln. Wir spielen mit dem Barock-Thema, sage ich und ersetze den Springbrunnen durch die Skulptur eines nachsichtig lächelnden fetten Engels. Die Frau meines Vaters zeichnet verschlungene Ornamente um die Fenster und versieht die Gardinen mit breiten Spitzenborten. Wir brauchen Vanitas-Symbole, sage ich. Wir setzen ein paar Totenschädel als Buchstützen ins Regal. Meine Mutter kann in einer Ecke stehen und Seifenblasen über die Gäste pusten, dann ist sie beschäftigt und mischt sich nicht ein, sage ich. Wir entwerfen verschiedene Vorschläge für die Speisekarte, Barock-Brunch, Leonora-Christina-Croissants und Kingo-Kuchen. Und keinen Alkohol, sage ich, sonst geraten die Leute außer Rand und Band. Du kannst Klavier spielen, sage ich zur Frau meines Vaters, mein Gott, was wird das gemütlich. Wir holen ihr transportables Keyboard und machen eine vorläufige barocke Playlist. Wir fangen mit Chrysillis an, dann ist der Ton gesetzt, sage ich. Komm näher zu mir, mein Herze hold, leih mir dein Ohr fein still, für dich ich singen will, singen wir Thomas Kingos Liebeslied für seine verstorbene Frau. Die Gäste werden in langen Reihen Schlange stehen, um reinzukommen, sage ich, die Gemeinde kann auf direktem Weg aus der Kirche rüberkommen, nachdem mein Vater sie hungrig gepredigt hat, so was nennt man innerfamiliäre Kooperation. Café Chrysillis, sagt die Frau meines Vaters.

Eines Vormittags klingelt es an der Tür, mein Vater öffnet. Meine Mutter hat einen toten Fuchs um den Hals, sie hängt ihn an einen Haken. Jetzt werden hier andere Saiten aufgezogen, sagt meine Mutter und umarmt mich. Ich habe Kopfweh. Hast du schon wieder zu viel getrunken, fragt meine Mutter. Das war Mulle, sage ich, die Frau ist einfach maßlos. Wir setzen uns an den Tisch, und ich bitte meinen Vater, Pizza zu bestellen. Nummer sechzehn mit Extrakäse und Bacon, sagt er mit einem Blick auf mich. Ich nicke. Mein Vater geht zum Telefon, aber meine Mutter hält ihn zurück. Ich habe etwas Rohkost dabei, sagt sie, mit geriebenen Äpfeln und Rosinen. Warum denn das, sagt mein Vater. Hier muss das Denken in neue Bahnen gebracht werden, sagt meine Mutter, hier geht es um den Lebensstil. Sie deutet auf ihn. Jetzt müssen wir als Eltern zusammenstehen, das ist auch deine Tochter, sagt meine Mutter, du musst Charakter beweisen. Mein Vater räuspert sich. Na ja, na gut, probieren wir eben ein bisschen Salat, sagt mein Vater und holt aus der Küche Teller und Gabeln. Meine Mutter hat die Telefonnummer einer Studienberatung rausgesucht. Wie steht es mit deiner Masterarbeit, sagt meine Mutter. Du bist so ergebnisorientiert, sage ich, was wird da aus dem Prozess. Ich rede ein wenig über die Sorte Eltern, die ihre Kinder zu sehr antreiben. We don't need no education, we don't need no thought control, singe ich. Mein Vater schlägt den Rhythmus mit der Gabel auf dem Tisch. Meine Mutter sagt, ich soll zusehen, dass ich die Arbeit fertig geschrieben kriege. Was hast du eigentlich im letzten halben Jahr konkret mit deiner Zeit angefangen, fragt meine Mutter. Ich schaue in die Ecke des Wohnzimmers, da steht ein Miniaturmodell des Frühstücksrestaurants, die Frau meines Vaters und ich haben es gebaut. Ein altes Puppenhaus vom Flohmarkt, und dann haben wir Spielzeugmöbel für unser Café gekauft. Ich sehe zu meinem Vater. Er räuspert sich. Ich habe ein paar von Vaters Predigten durchgeblättert, sage ich. Erst schaut mein Vater verwirrt drein, dann nickt er eifrig. Das ist durchaus relevant fürs Studium, sagt er. Vielleicht wirst du ja Sprachberaterin, mein Vater lächelt mir zu. Garantiert habt ihr die ganze Zeit nur Fünfhundert gespielt und Giro 413 gehört, sagt meine Mutter. Man muss immer so schnell zurück in den Sattel, wie es geht, murmelt mein Vater, aber alles braucht seine Zeit. Meine Tochter soll nicht eine von diesen ewigen Studierenden werden, die ihre Ausbildung niemals fertig kriegen, sagt meine Mutter. Sie blickt meinen Vater an, danach mich. Ich habe eine Wohnung gefunden, sagt sie dann, ich habe erzählt, eine Kollegin von mir ist die Mieterin, aber in Wirklichkeit ist sie für dich. Okay, sage ich. Das Fest ist vorbei, sagt meine Mutter. Mein Vater sieht etwas traurig aus. Meine Mutter verdreht die Augen und legt ihm die Hand auf den Arm. Sie kann ja nicht für den Rest ihres Lebens bei dir wohnen bleiben, sagt meine Mutter, sie ist erwachsen. Könnte aber schon nett sein, sagt mein Vater. Nur ein Katzensprung von der Fußgängerzone entfernt, du wirst sie lieben, lächelt meine Mutter.

Ich weiß immer ganz genau, dass sie es ist, wenn meine Mutter klingelt. Sie steht draußen, den Arm voller Blumen. Fünf dänische Fahnen hat sie in den Strauß gesteckt. Glückwunsch zur neuen Wohnung, sie reicht mir die Blumen. Danke, sage ich und trete beiseite. Meine Mutter hat ein paar Fotos von sich dabei. Die Wände sind noch so kahl, sagt sie. Erst mal ein paar Portraitaufnahmen, die sie bei der Arbeit zeigen. Sie steht mit einem gewaltigen breiten Lächeln neben einem Haus. Neben ihr steckt ein Schild im Boden, darauf steht in großen Buchstaben verkauft. Sie zeigt mir ein paar Jugendbilder, auf denen sie ein langes lila Kleid trägt und lange schwarze Zöpfe hat. Schau mal, wie sehr wir einander ähneln, Schatz, sagt sie und zieht an meinem Pferdeschwanz. Mit einem Magneten hängt sie ihr Hochzeitsfoto an den Kühlschrank. Meine Mutter und ihr Mann stehen lächelnd vor der Kirche. Mein Vater daneben in seinem Talar wirkt etwas verwirrt. Außerdem hat meine Mutter ein Babyfoto von sich vergrößert und in einen alten Goldrahmen getan. Sie wandert durch die Wohnung und hängt die Fotos mit kleinen Reißzwecken an Pinnbretter und Wände. So habe ich dich immer im Blick, Schatz, lacht sie. Was war ich doch süß, sagt meine Mutter und stellt das Babyfoto mitten in das leere Bücherregal. Wo sind deine Bücher, fragt sie. Ich sage, meine wahnsinnig gewordene Ex hält sie als Geiseln fest. Hast du sie immer noch nicht geholt, fragt meine Mutter. Ich schüttele den Kopf. Du bist wie dein Vater, sagt sie, du kriegst nie was gebacken. Ich sage, ich finde es problematisch, dass sie mich ständig mit einem Menschen vergleicht, von dem sie sich getrennt und geschieden hat. Sie sagt, mein Vater ist schon ganz in Ordnung, ein fantastischer Koch und äußerst hilfsbereit. Sie meint, er könnte mir helfen, die Bücher zu holen. Ich sage, ich halte es in der alten Wohnung nicht aus, ich ertrage es nicht, meine Ex zu sehen. Wenn dein Vater dir hilft, wird das schon werden, sagt sie, er hat ja auch einen direkten Draht zu Du-weißt-schon-Wem. Sie deutet zur Decke. Hier riecht es nach Rauch, sagt meine Mutter. Ich schiebe ein paar leere Ginflaschen beiseite und öffne ein Fenster. Meine Mutter hört es gar nicht gern, wenn ich sage, sie würde mich an ihre Mutter erinnern, weswegen ich sie von Zeit zu Zeit genau darauf aufmerksam mache. Du erinnerst mich an Großmutter, sage ich, du mischst dich in alles ein. Deine Großmutter ist gestorben, sagt meine Mutter, ich bekanntlich nicht. Die Fahnen in dem Blumenstrauß regen sich sacht im Wind. Ich sage zu meiner Mutter, ich finde es schön, dass sie nicht gestorben ist, und auf einmal fürchte ich, das ist das Liebste, was ich jemals zu ihr gesagt habe.

Ich sitze auf einer Bank in der Ecke des Friedhofs und warte auf meinen Vater. Eine Schar schwarz gekleideter Leute geht in einer Schlange über den Friedhof, ihnen voraus mein Vater. Zwei junge Frauen umarmen einander, die Trauergemeinde verteilt sich in kleinen Gruppen um ein offenes Grab. Ich kann leise die Stimme meines Vaters hören. Nachdem sich die Ansammlung irgendwann aufgelöst hat, bleibt eine einzelne Frau noch lange stehen und blickt auf das Grab. Mein Vater kommt in Zivil aus der Sakristei. Er winkt mir und geht auf die Bank zu. Da holt Mulles Großmutter ihn mit ihrem Rollstuhl ein, versperrt ihm den Weg und ergreift seine Hand. Sie hält sie lange und lächelt ihn dabei zahnlos an. Er deutet auf mich, ich winke ihnen zu. Pass bloß auf, sage ich zu ihm, als er sich endlich hat losmachen können, Mulles Oma ist auf dem Kriegspfad, sie ist seit vierzehn Jahren Witwe, ich glaube, sie findet, jetzt ist mal was Neues fällig. Mein Vater sieht erst verwirrt, dann verängstigt aus. Man soll ja möglichst schnell zurück in den Sattel, ich lege ihm den Arm um die Schultern, und wir gehen zum Wagen. Mein Vater schaut nach Trauerfeiern immer ziemlich traurig aus. Er hat einen Lieferwagen gemietet und ein paar alte Umzugskartons besorgt, er meint, die Bücher passen nicht alle in den Toyota. Mein Vater stellt kurz die Seitenspiegel ein und schiebt eine CD von David Bowie in den Player. Als wir vor ihrer Wohnung halten, mag ich doch nicht hochgehen. Wir holen einfach die Bücher ab und fahren gleich wieder, sagt mein Vater. Sooo wichtig sind Bücher am Ende eigentlich nicht, sage ich, im Grunde ja doch nur weißes Papier mit kleinen schwarzen Buchstaben drauf. Er dreht die Musik etwas leiser und sieht mich an. Man sollte die öffentliche Infrastruktur fördern, sage ich und rede über die ganz hervorragende Auswahl von Büchern in den Bibliotheken des Landes. Er steigt aus und geht in einen Laden, kommt kurz danach mit einer Tüte Smarties zurück. Wir essen sie schweigend. Das wird schon, sagt mein Vater, wir holen einfach die Bücher ab und fahren gleich wieder. Wir können es aber auch lassen, die Bücher nicht abholen und nicht gleich wieder fahren, sage ich. Er räuspert sich. Versuch einfach, nicht so ein Drama daraus zu machen, sagt er und wuschelt mir die Haare. Ich nicke. Aber was, wenn sie sich eine hässliche Kröte von Liebhaberin zugelegt hat, sage ich, was, wenn diese Missgeburt bei ihr eingezogen ist und gerade meine Bücher liest. Dann holen wir einfach die Bücher ab und fahren gleich wieder, sagt mein Vater.

Die Bücherkartons füllen das Wohnzimmer so gut wie aus. Sie hat die Bücher alphabetisch sortiert, typisch mal wieder. Dann ist es für dich leichter, wenn du sie wieder auspackst, sagt sie. Die werden nie mehr ausgepackt, sage ich, ich werde künftig ein unstetes, rastloses Nomadenleben führen, und abgesehen davon hatte ich sie thematisch geordnet. Du bist doch gerade in eine neue Wohnung gezogen, sagt sie. Sie werden doch hoffentlich nicht mit deinen grässlichen Krimis in Kontakt gekommen sein, frage ich. Dann denke ich an meinen Vater und beiße mir fest auf die Unterlippe, damit die Wörter drin bleiben, aber zwischen zweien von meinen Zähnen ist eine gewisse Lücke, und ein Stückchen von der Unterlippe rutscht wieder raus. Ich atme tief durch. Auch das hilft nichts. Ich schildere ihr, was für einen Schock meine Erstausgabe der Werke von Thomasine Gyllembourg erleiden würde, wenn sie auf einmal neben dem *Da-Vinci-Code* zu stehen käme. Da würden die Seiten buchstäblich rausfallen, schreie ich. Ein Wunder, dass nach dreieinhalb Jahren mit dir überhaupt noch ein paar von meinen Büchern übrig sind, sage ich, du hast meinen Intellekt ruiniert. Sie fragt, ob ich vielleicht ein Glas Wasser haben will. Ich frage, ob sie vielleicht ein paar andere Bücher haben will. Oder ob sie lieber eine neue Liebste hätte. Hör doch auf, sagt sie.

Ich hätte da übrigens die Telefonnummer von einer ganz reizenden jungen Frau, sage ich. Sie heißt Lis und ist Gefängniswärterin, außerdem hat sie ein Puck Maxi-Moped. Lis und ihr Puck, sage ich, klingt fast wie ein lesbischer Porno. Sie macht den Karton zu und sagt, sie findet es auch keine leichte Situation. Und sie mag mich unglaublich gern. Ich frage, ob sie sentimental wird oder wieder nur irgend so einen Kurs in Giraffensprache besucht hat, von wegen wertschätzende Kommunikation oder so. Sie sagt, ich solle nicht um den heißen Brei herumreden. Du klingst, als ob das was Schlechtes wäre, sage ich, sieh es einfach als eine Art Code, Leerstellen, die der Interpretation bedürfen. Warum bist du nur immer so plotfixiert, frage ich. Ich ringe um Luft. Sie fragt, wie es mir mit dem Asthma geht, sie klingt etwas besorgt. Ich sage, ich sollte ihr meine Büchersammlung spenden, um ihr vielleicht die Möglichkeit zu eröffnen, auf einige Sicht doch noch einen akzeptablen Literaturgeschmack zu entwickeln und ihre ansonsten ganz hübschen Holzregale von der organisierten Geschmacklosigkeit zu befreien, die sie ihnen aufgebürdet hat. Ja, wenn du sowieso ein Nomadenleben führen willst, kann ich die Bücher auch gleich behalten, sagt sie. Ich kenne dich, sage ich. Du verschleuderst sie an einen besoffenen Antiquar, der dir einen schockierend geringen Preis anbietet, weil du keinen Sinn für gute Literatur hast. Ich mache den Karton wieder auf. Er zerreißt. Ein paar Bücher fallen raus. Da, bitte, sage ich. Ich deute auf sie. Und danach, sage ich, wirfst du das ganze Geld für all diese schaurigen Schwarten raus, in denen ein kleiner Junge auf einem Besenstiel rumfliegt und –

ich zeichne riesige Anführungszeichen in die Luft – Das Böse mit Dem Guten bekämpft. Ich frage sie, ob ihr klar ist, was ich von Fantasy halte. Sie nickt. Nein, ist es dir nicht, sage ich, du hörst ja nie zu. Du findest das Genre simplizistisch und bist der Meinung, dass die darin dargestellten Werte allzu gut zu der besorgniserregenden Rhetorik der Rechten passt, außerdem sagst du, die überdeutliche Botschaft macht die Komplexität platt, in der die größte Kraft der Literatur im Vergleich zu anderen Medien besteht, sagt sie. Beim Reden fuchtelt sie mit den Armen und rollt mit den Augen, sie redet immer lauter und schneller mit einem übertriebenen jütländischen Akzent und schnappt nach Luft. Und außerdem, sie springt auf einen Stuhl, hat so ein magisches Paralleluniversum das ewig wiederkehrende Problem, dass es mit der wirklichen Welt nichts zu tun hat, falls es denn eine wirkliche Welt gibt. Sie dirigiert mit den Armen und ähnelt einem König, der über eine Volksmenge hinweg blickt. Wie einen Trichter legt sie die Hände vor den Mund. Gibt es die Wirklichkeit, ruft sie weit hinaus ins Wohnzimmer und zeichnet gewaltige Anführungszeichen in die Luft. Ich lächele wider Willen. Sie springt von ihrem Thron runter. Ich werde dich vermissen, sage ich. Gleichfalls, sagt sie, es war wirklich ziemlich klasse. Ich nicke.

Seepferchendmonologe VII

Hinter der Netzhaut befindet sich ein Fotoalbum. Ich kann die Bilder nicht stoppen, sie halten niemals inne, sondern ziehen in einer endlosen Reihe weiter vorüber wie Dominosteine, die aber nicht umfallen, sondern sich im Gegenteil einer nach dem anderen aufrichten. Wie du im Garten hinter dem Haus sitzt, von Töpfen mit Kräutern und Pfennigbäumen umgeben, in der Sekunde, bevor du meinen Blick aus dem Fenster bemerkst. Ein Schnappschuss, wie deine Augen meinem Blick begegnen, ein kurzer Moment unter einer Straßenlaterne, und mich dazu bringen, mich als der Mensch zu fühlen, der ich gerne wäre. Abstrakte Gemälde von deinen speziellen Gedankengängen, Kinderzeichnungen von unseren Vorstellungen von der Zukunft. Ein Goldrahmen um das Bild von deinem Gesicht, während du deine Nichte betrachtest, und ich schaue dich an. Ein Foto mit den Kerngehäusen von Äpfeln, die du überall in der Wohnung herumstehen lässt wie Trophäen, du hast immer Äpfel gegessen, kleine rote Ananasäpfel, du hast immer nach Äpfeln geschmeckt und nach Äpfeln geduftet, manchmal kamst du mir selbst vor wie einer, du warst ein Apfel. Sechs Portionen Obst am Tag, du sprachst von Vitaminen, ich dachte an den

Sündenfall. Eine Kohlezeichnung von meinem Gesicht, ich überlege, ob du mich so sahst oder ob du nur wünschtest, dass es mir ähnlich sehe. Halb fertige Skizzen von mit ganzem Herzen unternommenen Versuchen, Hunderte von Kodak-Momenten. Ein Foto von dir, wie du schläfst, dieser Frieden stimmt mich immer verwundert, es sieht aus, als würdest du dich etwas hingeben, an das niemand sonst zu glauben wagt. Dein Profil im Dunkeln, wie du im Fensterrahmen sitzt und in die Nacht hinausschaust, und deine weichen Wangen, du wirkst immer wie eine, die eben noch Blumen gepflückt hat, und ich bin überzeugt, du bist der normalste Mensch, dem ich jemals begegnet bin. Deine weit geöffneten Augen und mein Blick auf deinen Blick für Details und dein Sinn für Schönheit. Ein Kleckshild von den roten Flecken an deinem Hals, wenn du in Wut gerätst, ein Pastellgemälde in einer Kirche mit im Kirchenschiff widerhallender Musik aus tausend Orgelpfeifen. Das Foto deines nackten Körpers, der spät in der Nacht lang auf dem Küchenboden liegt, halb verdeckt von den Schatten einiger tanzender Küchengeräte, die von der Decke baumeln. Und deine zum Himmel gedrehten Augen, du bist eine wandelnde Abstraktion, du schwebst einen halben Meter über dem Boden und äußerst dich nur über Phänomene und Dinge, die sich nicht berühren lassen. Eine Bleistiftzeichnung, wie du im Lotussitz auf einem Flickenteppich sitzt und deine Hände mit nervtötender Seelenruhe der Sonne entgegenstreckst. Die Konturen deines Körpers hinter dem Vorhang einer Anprobekabine, die Art, wie du in dem Kleid herumwirbelst und dir selbst im Spiegel zulächelst, oder wie deine Tränen in einen Apfelkuchen tropfen, der nie fertig wurde. Ein Landschaftsgemälde von deiner Kindheit, eine naive Zeichnung mit Hunderten von Farben, das ist dein Blick auf die Welt. Ein Foto von dir, während du Musik machst, ein Sonnenstrahl lässt dein Saxophon so aufblitzen, dass es scheint, als hättest du die Arme voll Gold. Ein Drachenfestival, von einem Flachdach in Vogelperspektive gesehen, du stehst direkt unter dem von weißen Wolken bedeckten Himmel, er ist voller Leinen und von tanzenden Drachen erobert, sie fliegen auf, schweben hernieder. Ich suche das selbstvergessene Glitzern in deinen Augen, dein leichtes Rucken an der Leine, während du den Eroberungszug des Drachens im Himmelsraum verfolgst. Der langwierige Cartoon von unseren Auseinandersetzungen, wir sind eindimensionale Figuren, ich glaube, du bist Daisy Duck, die unablässig wegen irgendwas beleidigt ist. Deine Denkblasen sind leer, in unseren Sprechblasen gibt es nichts als Blitze und Gewitterwolken und Äxte. Und dann wieder du mit deinem irritierend rätselhaften Lächeln, das mich mit Zweifel erfüllt, so will ich dich porträtieren und das Bild mit einer Reißzwecke im Louvre aufhängen, dann kann die Mona Lisa mal Pause machen. Und da sitzt du am Feuer und isst einen Maiskolben, umgeben von bergeweise Fladenbrot, wie eine trotzige Göttin thronst du da und sprichst und rufst und dirigierst mit diesem Maiskolben den Lauf der Welt. Das Gemälde eines französischen Impressionisten, lauter kleine Punkte, die in deiner Iris beginnen, zu den Poren deiner Haut werden, zu Schönheitsflecken, zu den kleinen hellen Haaren auf deinem Bauch, zu mikroskopischen Blutpünktchen oder der

Narbe von der Pockenimpfung. Wenn ich ganz nah an dich herankomme, bist du nur noch flimmernde Pünktchen in verschiedenen Farben, und erst, wenn ich so weit von dir entfernt bin, dass ich dich nicht mehr berühren kann, erinnerst du wieder an einen Menschen.

Man hat eben auch seine Verantwortungen, höre ich meine Mutter im Telefon. Ich soll mit ihr an einer Sammlung für die Krebshilfe teilnehmen. Natürlich hat man das, sage ich, ich habe nur zurzeit so wahnsinnig viel zu tun. Ich zeichne Porträts von Kingo auf die Skizze einer Speisekarte, die die Frau meines Vaters vorbeigebracht hat. Café Chrysillis, schreibe ich oben quer in großen, verschnörkelten Buchstaben. Meine Mutter fragt, was ich denn so wahnsinnig viel zu tun habe. Ich rede ein bisschen über meine Masterarbeit, sage, ich sei jetzt wirklich gut dabei und dran. Meine Mutter fragt, ob ich überhaupt ein Thema gefunden habe. Ich blicke auf meine Zeichnung. Thomas Kingo, sage ich, Kingos Rolle als Vermittler und die politische Wirkung seiner Lieder im 17. Jahrhundert. Ich bin selbst ganz beeindruckt, wie durchdacht das klingt und erwäge kurz im Ernst, mich an diese Masterarbeit zu setzen. Meine Mutter sagt, wenn ich mich so sehr für das 17. Jahrhundert interessiere, dann soll ich doch viel eher über Leonora Christina schreiben, die zweiundzwanzig Jahre im Blauen Turm gefangen saß und da ein ganzes Werk geschrieben hat, es heißt *Jammers Minde*, sagt meine Mutter, die hat auch die ganze Zeit gejammert, das passt haargenau für dich. Ja, aber ich habe mich eben für Kingo entschieden, sage ich. Meine Mutter sagt, ich würde doch wohl ein bisschen Zeit für eine wohltätige Sammlung erübrigen können, egal unter welchen Umständen. Ich mag nun dein Sklave nicht länger sein, die Bürden, die du mir aufgeladen, ich werfe sie ab und bin nicht mehr dein, sage ich. Meine Mutter sagt, ich soll auch mal an wen anders denken als an mich selbst. Ich denke an Kingo, sage ich. Der hatte keinen Krebs, sagt meine Mutter, der hatte Glück. Er hat fast sein ganzes Leben im Auftrag des Königs sein Buch mit Kirchenliedern zusammengestellt, und es wurde immer wieder verworfen, weil kein Mensch ihn verstand, sage ich, so ist es, wenn man seiner Zeit voraus ist. Meine Mutter sagt, ich soll stattdessen ruhig mal an die Welt um mich herum denken. Was ist denn doch alles, das die Welt uns zeigt in schöner Gestalt? Es sind ja nur Schatten, zerklirrendes Glas, platzende Blasen und fallendes Gras, sage ich. Dein Vater hat dir eine Gehirnwäsche verabreicht, sagt meine Mutter, du klingst wie frisch bekehrt. Sie redet davon, wie nett es sein könnte, ein bisschen rauszukommen, an die frische Luft, und zugleich eine gute Tat zu vollbringen. Luxussamariter, sage ich und male Thomas Kingo einen breiten Lächelmund. Ich sage, ich mag einfach nicht in einen abseitigen Winkel von Aarhus geschickt werden, mit einer Plastikdose in der Hand rumlaufen und unschuldige Menschen um Geld anbetteln wie an Fastnacht oder zu Halloween. Sollen wir ihnen was von Krankheiten vorsingen, wenn sie die Tür aufmachen, sage ich, oder aus Kingos *Die Armen im Spital zu Odense* rezitieren. Meine Mutter sagt, man sucht sich selbst aus, wo man sammeln geht, und es ist immer interessant zu sehen, wie andere Leute so wohnen. Sie lässt sich lang und breit darüber aus, wie viel der Eingang eines Hauses über eine Familie aussagt. Du bist krankhaft neugierig, sage ich. Soziologisch interessiert, sagt meine Mutter, das ist ein Teil meiner Arbeit. Eine Möglichkeit, Menschen näherzukommen, sagt sie. Während meine Mutter weiterspricht, mache ich den Computer an und gebe den Namen meines Arztes ein. Eine Adresse im Stadtteil Marselisborg erscheint. Okay, sage ich, dann lass es uns unten in der Nähe vom Yachthafen versuchen. Meine Mutter will mich weiterhin überzeugen, wie wichtig diese Sammlung ist, bis ihr endlich klar wird, dass ich ja gesagt habe. Meine Mutter sagt, ich hätte keine Ahnung, wie erleichtert sie ist, das mit der Arbeit über Kingo zu hören. Die Zeit bleibt ja nicht stehen, sagt meine Mutter. Was sind meine Jahr, sage ich, die verstohlen verschwinden, verwehen gar? Was ist meine Bekümmernis? Mein von Gedanken schwerer Sinn? Meine Sorge? meine Freude? meines Kopfes Gespinn? Ja, ja, Schatz, sagt meine Mutter, wir sehen uns dann auf jeden Fall am Samstag.

Meine Mutter hat eine Flasche Rosé in einer Tüte dabei. In der anderen Hand schwenkt sie die Sammelbüchse hin und her. Jetzt wollen wir den Kranken mal tüchtig helfen, sagt meine Mutter. Wir setzen uns auf eine Bank am Yachthafen, meine Mutter nimmt zwei Thermosbecher aus ihrer Tasche. Ein Prosit auf die Krebspatienten, sagt meine Mutter, jetzt wollen wir hoffen, dass sie schnell wieder gesund werden. Ich zünde mir eine Zigarette an. Ach, scheiß drauf, sagt meine Mutter und nimmt sich auch eine aus dem Päckchen, dieses eine Mal im ganzen Jahr. Wir schauen über den Hafen, eine Möwe landet vor der Bank und betrachtet uns. Sie hat einen toten Fisch im Schnabel. Unglaublich, dass die es fertig bringen, so was zu fressen, sagt meine Mutter. Ich erzähle von der Familie meiner Ex und deren Vorliebe für Fisch. Gut, dass du da raus bist, sagt meine Mutter, das klingt ja ganz krank. Meine Mutter fragt, ob ich sie immer noch sehr vermisse. Ich nicke. Mein liebes Kind, ganz sicher, sagt meine Mutter, überhaupt kein Zweifel, aber was war an der schon dran. Sie hat unglaublich viel über Tiere geredet, sagt meine Mutter, das war mehr oder weniger ihr einziges Thema. Ich blicke über das Wasser. Meine Mutter nimmt meine Hand. Tiere hier, Tiere da, nichts als Tiere überall, mault meine Mutter. Nun ist sie aber auch Tierpflegerin, sage ich. Meine Mutter sagt, sie rede auch nicht die ganze Zeit über Häuser, nur weil sie Immobilienmaklerin ist. Ich sage, ich habe einfach nur gehofft, dass wir glücklich werden. Seid ihr aber nicht, fertig aus, sagt meine Mutter, du träumst von einem Märchen, doch die Wirklichkeit sieht anders aus. Und dieser Traum, er bringt mich nie nach Haus, sage ich. Shu-bi-dua, sagt meine Mutter. Ich nicke. Du immer mit diesen Schlagern, wo bleibt da die Hochkultur, sagt meine Mutter, ein Glück, dass du jetzt Kingo hast.

Wir wandern von Tür zu Tür, unsere Sammelbüchse wird immer schwerer. Wenn niemand aufmacht, stellt sich meine Mutter ans Fenster und schaut rein. Sitzt dann jemand drinnen, winkt sie lächelnd und deutet auf die Sammelbüchse. Wir sind für die Krebshilfe hier, ruft sie. Meine Mutter erzählt einem jüngeren Mann, die Sammlung sei für sie eine Herzenssache, als selbst gerade Genesene. Sie deutet auf ihre rechte Brust. Prothese, flüstert sie. Das ist unethisch, sage ich, während er drinnen Geld holt. Die Leute brauchen eine persönliche Erzählung, flüstert meine Mutter, es ist wahnsinnig schwierig, sich in tödliche Krankheiten einzufühlen, das ist zu abstrakt. Der junge Mann bringt zweihundert Kronen, er lädt uns zu einer Tasse Kaffee ein. Er fragt, ob meine Mutter immer noch Beschwerden hat. Man ist ja nie wieder dieselbe wie vorher, sagt meine Mutter und deutet auf ihr Herz, wenn man dem Tod ins Auge geblickt hat. Der jüngere Mann nickt verständnisinnig. Er erzählt, dass seine Mutter vor vier Jahren an Lungenkrebs gestorben ist. Er schaut mich an und fragt, wie ich mit der Situation klargekommen bin. Ich räuspere mich und blicke auf ein Foto, das im Fensterrahmen steht, es zeigt eine mittelalte Frau. Fantastisch, sagt meine Mutter, Schatz, du warst mir im ganzen Verlauf eine unglaubliche Stütze. Ich nicke. Der Mann lächelt mich an und sagt, menschlicher Halt ist sehr, sehr wichtig. Da hab ich gelegen, sagt meine Mutter, von der Chemo völlig hinüber und total panisch, und meine Tochter ist jeden Tag vorbeigekommen und hat mir Mut zugesprochen. Sie blickt mich liebevoll an, und ich habe den Eindruck, dass sie sich klar und deutlich an Situationen erinnert, die es nie gegeben hat. Der Mann holt ein Fotoalbum und schildert angeregt ein paar Erinnerungen aus der Kindheit. Meine Mutter nickt und lächelt und fragt nach, der Mann wirkt froh. Er holt ein weiteres Album und erzählt noch mehr Geschichten über die Frau auf den Bildern. Es ist so wichtig, seiner Mutter Liebe zu zeigen, solange man sie noch hat, sagt meine Mutter mit einem Blick auf mich. Ja, das solltest du nie vergessen, sagt der Mann und bedenkt mich mit einem Lächeln. Ja, das werde ich nicht vergessen, sage ich. Beim Abschied umarmt meine Mutter den jungen Mann. Lächelnd schließt er die Tür. Als wir durchs Gartentor gehen, sehe ich meine Mutter an. Du bist ja eine durchtriebene Lügnerin, sage ich, als wir den Rest vom Rosé trinken. Unsinn, sagt meine Mutter, das war genau das, was er brauchte. Meine Mutter sagt, die Wahrheit wird überschätzt. Wenn man sich mit Details aufhält, stirbt man vor Langeweile, sagt sie, und das ist mindestens genauso schlimm wie Krebs.

Endlich kommen wir zum letzten Haus in der Straße. Auf dem Briefkasten steht der Name meines Arztes. Meine Mutter klingelt. Zweimal kurz und einmal lang. Ich drücke den Rücken ein wenig durch, und als mein Arzt die Tür öffnet, versuche ich überrascht zu schauen. Er sieht mich an, ich halte ihm lächelnd die Sammelbüchse hin. Meine Mutter sagt, wir sind für die Krebshilfe hier. Mein Arzt starrt mich an. Nein, so eine Überraschung, sage ich, hier wohnst du also. Mein Arzt nickt. Wie klein die Welt ist, sage ich. So klein nun auch wieder nicht, flüstert meiner Mutter, als er sein Portemonnaie holen geht. Meine Mutter stellt den Fuß in die Tür, damit sie nicht zuschlägt. Sie steckt den Kopf durch den Türspalt. Sehr geschmackvoll, flüstert sie, schlicht, aber absolut geschmackvoll. Die Frau meines Arztes kommt zur Tür und lächelt uns an. Meine Mutter lobt die Wandfarbe und fragt, ob das da im Wohnzimmer ein echter Arne Jacobsen ist. Ich schaue mich ein wenig um. Auf dem Boden liegen Teddybären, an den Wänden hängen Porträts von verschiedenen Kleinkindern. Ach, sind die niedlich, sagt meine Mutter. Mein Arzt kommt zurück an die Tür und steckt einhundert Kronen in die Dose. Er sagt, er hofft, dass wir viel Geld für den guten Zweck zusammen kriegen, und er lächelt mich an. Ich erwidere das Lächeln und sage, wir sehen uns sicher bald. Ich glaube, bei mir ist eine Halsentzündung im Anflug, sage ich und huste ein wenig. Das sind wahrscheinlich die Zigaretten, sagt meine Mutter, kannst du sie nicht dazu bringen, dass sie das Rauchen aufgibt, sagt sie zu meinem Arzt. Er sagt, das ist immer eine persönliche Entscheidung. Ich nicke. Ich hoffe, sie benimmt sich einigermaßen, sagt meine Mutter, Einzelkinder sind ja manchmal ein bisschen schwierig. Mein Arzt nickt und schüttelt den Kopf zugleich. Du hast eine sehr nette Tochter, sagt er. Ganz sicher, sagt meine Mutter, wir sind uns sowieso ziemlich ähnlich. Er blickt von meiner Mutter zu mir. Wir lächeln ihn beide an. Na, das läuft ja ganz gut, lacht meine Mutter laut. Mein Arzt lächelt erschrocken. Vergiss es, sagt meine Mutter, nachdem mein Arzt die Tür geschlossen hat. Ich murmele, ich hätte keine Ahnung, wovon sie redet. Er ist dein Arzt, sagt sie, und verheiratet, da ist nichts zu machen. Vielleicht ist das mit ihr eine vorübergehende Sache, wie mit William und Kate, sage ich. Da gibt mir meine Mutter recht und sagt, die Frau sei wirklich unscheinbar. Ich nicke. Manchmal fürchte ich aber trotzdem um deine geistige Gesundheit, sagt meine Mutter und streicht mir übers Haar. Ja, ich sollte mal einen Termin bei meinem Arzt machen, murmele ich. Außerdem dachte ich, du stehst auf Frauen, sagt meine Mutter. Ich sage, jetzt halte sie sich mit Details auf, und die Frauen hätten mir bislang nichts als Probleme bereitet. Die Sammelbüchse ist richtig schwer geworden. Da werden sich die Krebspatienten aber freuen, lächelt meine Mutter.

Am nächsten Tag gehe ich in den Zoo. Ich sehe sie durch das Gitter. Sie trainiert Seelöwen. Ich sehe ihr so gern zu, wenn sie sich unbeobachtet wähnt. Sie hält einen Ring hin und macht merkwürdige Geräusche. Zwei von den Seelöwen robben durch den Ring. Der dritte schaut sie befremdet an. Sie wirft den beiden folgsamen Seelöwen je einen Fisch hin. Der dritte schaut sie immer noch an. Sie lacht und geht mit dem Ring näher zu ihm. Er schaut auf den Eimer mit den Fischen in ihrer Hand. Sie legt den Ring ab und wirft dem Seelöwen einen Fisch hin. Als sie mich entdeckt, winkt sie mich lächelnd zu sich. Wir setzen uns unter einen Baum. Ich sage, was in unserer Beziehung nicht gestimmt hat, war unsere Art der Kommunikation. Als würden wir aneinander vorbei reden. Sie sagt, da habe ich wahrscheinlich recht. Sie fragt, ob wir uns nicht ein Eis kaufen und es auf einer Bank in der Sonne essen sollen. Das irritiert mich, ich rede über Gefühle, und sie über Esswaren. Ich habe die Empfindung, dass sie für mich nicht erreichbar ist. Drei Sonnenstrahlen treffen ihr Gesicht, die Sonne war immer so kleidsam für sie. Ich sage, wahrscheinlich hat unser Timing nicht gestimmt, Timing ist alles, sage ich. Sie deutet auf mein Schokoladeneis, es tropft. Meine gelbe Hose hat braune Flecken bekommen. Du siehst aus wie eine Giraffe, lacht sie. Scheiße, sage ich. Patina, sagt sie. Sie gibt mir eine Serviette und sagt, wir sind uns absolut zum richtigen Zeitpunkt begegnet. Sie wünscht sich nicht, dass es anders gewesen wäre. Ich esse mein Eis auf. Du duftest nach Freude, sage ich, ist das Happy. Sie sagt, sie ist heute tatsächlich froh. Froh ist ein starkes Wort, sage ich. Sie lacht und sagt, ich klinge wie meine Mutter.

Seepferdchenmonologe VIII

Drinnen in der Nase befindet sich ein Mausoleum, ein gigantisches Taj Mahal, in dem die Düfte der Vergangenheit bewahrt werden. Du und deine Haut, die immer nach Tannennadeln duftete, du hast mir für immer und ewig das Weihnachtsfest ruiniert. Und du mit deiner Kleidung, die nach synthetischem Weichspüler riecht und nicht nach Blumen, wie du selbst denkst. Deine Finger riechen nach Harz, dein langes Haar nach Billigshampoo und den blauen King's-Zigaretten, ultraleicht. Deine mit Sonnencreme eingeschmierten Schultern und deine von einer unsichtbar dünnen Schicht Salzwasser überzogene Haut, wenn alles an dir nach Sommer duftete. Chili und Knoblauch und Curry, in Öl angeschwitzt, die Rauchschwaden erfüllen die Küche, du kommst verlegen lächelnd und nach Luft schnappend aus dem Nebel. Dein Duft, wenn ich in deine Wohnung komme, er lässt sich weder erklären noch in seine Bestandteile zerlegen, ich stelle ihn mir als eine Mischung aus alten Büchern, Papierstapeln, verwelkten Pflanzen und deinen notierten Gedanken vor. Der schwere Geruch von Weihnachtssternen in der Gärtnerei deines Vaters, du stehst inmitten von all dem Rot. Dein unablässiges Verlangen nach Mückenkerzen, überhaupt nach Duftkerzen, deine Räucherspiralen in einer Keramikschüssel neben dem Bett. Erde an deinen Händen, euer Schweiß, euer Blut, alles Flüssige, das aus euren Körpern kommt. Schon gar nicht zu reden von eurer Haut am Übergang von der Schulter zum Hals, eure Deodorants, eure Feuchtigkeitscremes und eure Parfüms.

Miracle, Absolutely Irresistible, Desire Me, Chance, Pleasures, Obsession, Happy, Rush, True Love, Always Yours, Silences, Cool Water, Contradiction, Realities, Poison, K.A.O.S, Nothing.

Dritter Teil

In dem mit Siebenmeilenstiefeln
ein runder Geburtstag naht und unsere
Heldin die Jagd auf geflügelte Worte
beginnt. Wir verabschieden uns von dem
Arzt, der seinerseits von chemischen
Verbindungen spricht und Lichterketten
am Ende des Tunnels entzündet.

Ich blicke auf die Speisekarte hinunter, lauter Gerichte mit französischen Namen. Meine Mutter und ich sind im Restaurant. Sie nimmt einen Schreibblock aus ihrer Handtasche und malt sorgfältig eine Reihe kleiner Kringel. Sie gibt dem Kellner ein Zeichen, und wir bestellen. Die Bewegungen meiner Mutter zeigen deutlich, dass ihre Notizen äußerst geheim sind. Der Kellner überbringt unsere Bestellung der Küche. Meine Mutter flüstert mir zu, dass sie das macht, damit der Kellner denkt, sie wäre die Restaurantkritikerin einer berühmten Gastronomie-Zeitschrift. Du bist Immobilienmaklerin, flüstere ich. Meine Mutter sagt, wenn die Realität gerade nicht so zur Situation passt, muss man ihr einen kleinen Stups in die richtige Richtung geben, und sie macht das, um bevorzugt bedient zu werden und vielleicht zum Nachtisch ein Eis gratis zu kriegen. Distinguiert lächelt sie den Kellner an und studiert die Speisekarte eingehend. Jetzt will sie kurz raus, ihren Mann anrufen. Den Chefredakteur, sagt sie halblaut in Richtung Küche, mit einem Augenzwinkern zu mir. Der Kellner wirkt müde. Meine Mutter ist schon mal hier gewesen. Sie tänzelt aus der Tür. Ich sehe sie durch das Fenster. Sie nimmt die Brille ab und betrachtet konzentriert ihr Mobiltelefon, gibt eine Nummer ein. Wenn sie dieses Telefon benutzt, spricht meine

Mutter immer besonders laut, als würde sie der drahtlosen Telekommunikation am Ende doch nicht trauen. Ich kann ihre Stimme leise hören, aber keine Wörter ausmachen. Sie schaut sich rasch um und angelt ein Päckchen Prince 100 aus der Handtasche. Sie zündet sich eine an und raucht, während sie ins Telefon lacht. Danach wischt sie sich die Hände mit einer Feuchtserviette ab und nimmt einen kleinen Kaugummi aus der Tasche. Der Kellner wandert in engen Kreisen herum und sieht aus wie jemand, der sich sehr langweilt. Ich bestelle zwei Gläser Weißwein und bezahle sie sofort. Als meine Mutter wieder ins Restaurant kommt, sagt sie, das Mobiltelefon hat der Teufel erschaffen. Hast du es darum mit Rauchsignalen versucht, frage ich. Sie kaut energisch auf dem Gummi. Die Indianer haben damit nur gute Erfahrungen gemacht, sagt meine Mutter. Sie erblickt die beiden Weingläser und strahlt. Die gehen aufs Haus, sage ich. Da, bitte, kannst du mal sehen, sagt meine Mutter. Wir prosten uns zu.

Mitten am Nachmittag wache ich auf, weil es klingelt. Neben mir liegst du, du schläfst. Ich stupse dich ganz sacht ans Kinn, um sicher zu sein, dass du wirklich bist. Du machst die Augen auf und lächelst mich an. Als ich die Tür öffne, ist da niemand. Auf der Fußmatte steht ein großer geflochtener Korb, eine lila Schleife drum herum. Ein gigantisches Osterei schaut heraus. Der Boden ist mit kunterbunten Bonbons bedeckt, und ein gelbes Plüsch-Küken bewacht das Ei. Auch eine Stange gelbe King's und fünf Flaschen Osterbräu sind in dem Korb. Der beigelegten Karte entnehme ich, dass es sich um einen Gruß des Osterhasen handelt. Ich sehe meinen Vater die Treppen runterlaufen. Vater, rufe ich. Ich bin der Osterhase, ruft er, seine hohe, piepsige Stimme hallt im Treppenhaus wieder. Ich klemme mir das Küken unter den Arm und stelle den Korb in den Eingangsflur. Du stehst in der Schlafzimmertür und schaust mich an. Warum kommt dein Vater nicht rein, fragst du. Mein Vater hält sich für den Osterhasen, sage ich. Du fragst, was ich heute gern machen möchte. Ich schaue dir zu, du nimmst die Bonbons aus dem Korb und legst damit auf dem Boden kleine Muster. Ich möchte mich in hundert Teile aufspalten und zu einem Harem werden, ich möchte als sechzehn unsterbliche Jungfrauen wiedergeboren werden, auch wenn es dafür ein bisschen spät sein mag, und dich umringen, wir füttern dich mit Weintrauben und wedeln dir mit unseren zweiunddreißig Händen Kühlung zu. Ich will dich anbeten wie eine Regengottheit, dich an einen Totempfahl binden und um dich herumtanzen. Ich will Werbekampagnen für dich veranstalten, die Plakate in U-Bahnhöfe, an Regionalzüge und Hausfassaden hängen, ich möchte ein Riesenfoto von dir entfalten und die ganze Welt damit überziehen, ich möchte dich an meine Freundinnen verleihen und einen Stummfilm mit dir in der Hauptrolle drehen, in Schwarz-Weiß, begleitet von fröhlicher Klaviermusik. Ich will Set-Fotos von dir machen, wie du schläfst, oder Fernsehbeiträge, in denen du mit einem Strohhut über grüne Wiesen wandelst, auf Zweige zeigst und über Bäume sprichst. Oder ich will einen Dokumentarfilm von dir drehen, der Kenntnisse über dich verbreitet, Schmalfilme oder Dias aus deiner Kindheit finden, alte Klassenkameraden und ferne Verwandte sollen Anekdoten über dich erzählen, und ich will dich wie eine goldene Trophäe mit ausgestreckten Armen durch die Stadt tragen und rufen, schaut doch bloß, diese Grübchen, ich trinke Champagner daraus! Du beißt etwas von einem türkisen Osterei ab und schaust mich an.

Ich sage zu meinem Arzt, dass ich mich sehr merkwürdig fühle und das vielleicht daran liegt, dass ich verliebt bin. Mein Arzt sagt, Verliebtheit hat viel Ähnlichkeit mit Irresein und Drogengebrauch. Ich sage, seine Vergleiche haben etwas Empörendes. Durchaus nicht, sagt er, was wir als Verliebtheit empfinden, wird am Hirngrund im VTA-Gebiet und im nucleus caudatus in der Mitte des Kopfes geschaffen. Beide Gebiete sind für die Dopamin-Produktion wichtig, also der Substanz, die Glücksgefühle hervorruft. Mein Schädel ist rotglühend vor lauter Dopamin, sage ich. Mein Arzt weist darauf hin, dass Heroin denselben Stoff freisetzt, man könne also durchaus von Abhängigkeit reden. Er sagt, es handelt sich hier um ein allgemeines Sehnsuchts-System, für die Wirkungsweise des Stoffes sind die Objekte dieses Verlangens irrelevant und austauschbar. Ich finde es gar nicht so einfach mit all diesen Gefühlen, sage ich. Mein Arzt sagt, Verliebtheit hat nichts mit Gefühlen zu tun. Das VTA-Gebiet und der nucleus caudatus gehören zum primitiven Teil des Gehirns, daher ist Verliebtheit als Trieb anzusehen, nicht als Gefühl. Ein plötzlicher pädagogischer Eifer packt meinen Arzt, er nimmt Kugelschreiber und Papierblock und zeichnet einen Kreis. Mir schwant, dass er das Gehirn darstellen soll. Ich frage, ob es nicht eher oval sein sollte, so sieht es aus wie eine Pizza, sage ich. Er sagt, er sei Arzt, kein Künstler. Ein Stück von dem Kreis entfernt zeichnet er ein Herz und von ihm aus einige Pfeile zum Gehirn. Er sagt, Verliebtheit ist nichts als eine hohe Dopamin-Konzentration und eine schwache Serotonin-Produktion im Gehirn, das Letztere ist der Stoff, der die Laune steuert. Je größer die Produktion von Serotonin, desto fröhlicher sind wir, sagt mein Arzt und wirkt ganz froh. Er zeichnet ein kleines Viereck, in das er mit Blockbuchstaben Serotonin schreibt, dazu mehrere Pfeile auf ein Smiley zu. Mein Arzt erzählt von einer Untersuchung in Italien, durch die große Ähnlichkeiten zwischen verliebten Leuten und welchen mit Zwangsvorstellungen nachgewiesen wurden. Ich nehme ihm den Kugelschreiber aus der Hand und male neben sein Herz einen kleinen Mann mit großem Schnurrbart. Ich zeichne eine Gedankenblase und schreibe *Mamma mia* da rein, dazu eine gestrichelte Linie zu dem Pizzahirn. Er schaut meinen kleinen Italiener an und sagt, es war eine Forscherin, kein Forscher. Ich zeichne noch zwei Zöpfe dazu, der Schnurrbart bleibt. Dunkelhaarige Frauen neigen zu Damenbart, sage ich. Nickend betrachtet mein Arzt die Zeichnung. Er sagt, sie hat die Serotonin-Konzentration im Blut von Verliebten und Personen mit Zwangsstörungen verglichen. Bei beiden Gruppen war das Serotonin-Level 40 Prozent niedriger als normal. Das überwältigende Glücksgefühl ist also mit einer Form von Kontrollverlust verbunden, sagt mein Arzt. Er sieht mich an, als ob ich aufgehört hätte zu existieren, ich begreife, dass meine Gestalt sich vor seinen Blicken aufgelöst hat. Er redet weiter über irgendwelche Testergebnisse, während ich in das Pizzahirn ein kleines Seepferdchen male.

Meine Mutter ruft an und fragt, ob es an der Liebesfront was Neues gibt. Ich frage, ob sie unbedingt Kriegsmetaphern verwenden muss. Ich höre, dass meine Mutter auf hohen Hacken durch ihre Wohnung geht. Du weichst mir aus, sagt sie. Du tickst, sage ich. Hat es für dich seit neulich mit jemandem getickt, fragt meine Mutter. Sie sagt, man muss darauf achten, klare Verhältnisse zu schaffen, damit man weiß, woran man ist und nicht verletzt wird. Ich sage, sie ist wahnsinnig intellektgesteuert, ich will nicht in kleinbürgerliche Bahnen gezwungen werden und meine Gefühle in Schubladen stecken, nur damit andere Leute wissen, wie sie sich zu ihnen zu verhalten haben. Du hättest in den Siebzigern leben sollen, sagt meine Mutter, da hättest du gut hingepasst, wir haben uns damals auch so schlampig angezogen. Meine Mutter sagt, sie möchte gern wissen, ob ich dabei bin, mir eine neue Liebste zuzulegen, eine Mutter hat ein Recht darauf, so was zu erfahren. Ich sage, die Menschen werden alleine geboren und sterben alleine, die Zeit dazwischen verwenden sie auf die Illusion, dass es einen Ausweg aus der Einsamkeit gibt. Dass es Wahnsinn ist, den Begriff Liebste zu verwenden, wo es doch nur ein Synonym für Eskapismus ist. Man gehört nicht zu jemandem, sage ich. Jetzt mal nicht so philosophisch, Schatz, sagt meine

Mutter, sonst wirst du nur depressiv und schleppst dich mit hängenden Schultern rum. Ihre Absätze ticken stakkato. Ich war schon lange nicht mehr so froh wie jetzt, sage ich. Meine Mutter sagt, sie kann gern noch die Sitzordnung anpassen, wenn jemand Zusätzliches zu ihrem Geburtstag kommt. *Kein Problem*, sagt sie auf Deutsch, man muss einfach nur offen sein. Sie sagt, es ist wirklich schön, dass ich mich verliebt habe. Ich kann hören, dass sie mit dem Absatz aufstampft, als sie schön sagt. Tick, macht der Absatz meiner Mutter.

Seepferdchenmonologe IX

Drinnen im Knie sitzt ein tickendes Metronom. Von einem Tick zum nächsten ist es nicht lang, manchmal hört man es in einer Gesprächspause oder mitten in einem Satz, nach einer Stille, es ist nicht verstehbar oder erklärbar, es tickt nur einfach. Es gibt einfache Ticks, wiederholte Ticks, unerwartete Ticks, unvorhergesehene Ticks. Es ist das Echo deiner Stilettos in einem Tunnel, es ist das Knacken deiner Finger, es ist das Geräusch, mit dem du deine Haarspangen schließt oder den Deckel auf den roten Lippenstift schiebst. Ich bin eine tickende Bombe, und ich bin immer auf der Jagd nach Ticks aller Arten. Ich denke an dich, es ist dein Blick, du hast einen Tickblick, Töne gehen von deinen Augen aus, und es macht tick. Mit einem Tick tauchen deine Grübchen auf, es verändert die Strukturen deines Gesichts. Tick. Diese Aneinanderreihung der Ticks deiner Finger auf der Tastatur, das Tick, mit dem du die Tür aufschließt, es ist dieses Metronom, das in mir tickt, all die von dir bewirkten Geräusche. Wenn zwei Menschen im selben Moment aneinander denken, bewirkt das ein Tick, das im Weltraum widerhallt. Das Geräusch menschlicher Schritte, das Echo des Herzschlags, die Basslinie eines Popsongs, ein Rhythmus, zu dem sich tanzen lässt, der Auslöser einer Kamera, all diese Ticks verfolgen mich. Ein Freudenfeuerwerk aus tickenden Geräuschen, diese Ticksymphonien, wenn du morgens ein Ei aufschlägst, das Glücksrad auf einem Rummel, der Blinker eines Autos. Die Scharniere eines alten Koffers, Dosenbier und Backgammon. Jedes Mal, wenn etwas Wichtiges geschieht, macht es tick. Wenn der Sekundenzeiger sich bewegt, wenn kurz vor einer Unterschrift die Kugelschreiber ticken, wenn ein altes Tonband ausläuft, wenn ein Wasserkocher sich abstellt. Regentropfen auf Dächern, Menschen, die Nägel schneiden, Gangschaltungen betätigen, mit Schwertern fechten. Es ist meine biologische Uhr, die da tickt, es ist eine durchbrennende Glühbirne, es ist der Sicherheitsgurt, den ich anlege, es ist das Autoradio, das du anstellst. Es ertönt, wenn du früh am Morgen die Butterbrotdose zumachst, wenn wir nachts mit Stäbchen Reis essen. Und ich verfolge es, dieses Tick, es entscheidet, welche Richtung ich einschlage, wem ich folge, vor wem ich fliehe, zu wem ich zurückeile, wen ich einhole, mit wem ich zusammenstoße, wem ich mich entgegenwerfe.

Warum müssen wir eigentlich immer in *Den Gamle By*, frage ich Mulle, du bist eine wandelnde Gestalt aus der Vergangenheit. Meine Spindoktorin wandert gern durch *Den Gamle By* und hegt dabei große Gedanken. Es ist so anregend hier, sagt Mulle, spürst du nicht den Flügelschlag der Geschichte. Du bist so verbürgerlicht, sage ich, die Leute laufen verkleidet rum und tun so, als ob sie vor dreihundert Jahren leben würden, das ist doch merkwürdig. Das ist Dänemarks Antwort auf Disneyland, sagt Mulle und zieht mich weiter. Wir gehen rüber zum Højstolpehus, sagt Mulle, das ist echt alt, da ist Kingo seinerzeit sicher auch drin gewesen, du brauchst Inspiration. Meine Spindoktorin ist jetzt ganz aufgeregt, sie zieht an meinem Pferdeschwanz. Als ob du blind wärst und ich dein Blindenhund, rufe ich. Mulle macht die Augen zu und tastet sich durch die Luft, komm schon, Kingo, Kiiingo. Wau-wau belle ich und versuche, sie in die Schulter zu beißen. Ein Kindergarten kommt vorüber, zwei parallele Reihen mit achtundvierzig Stielaugen. Was für ein Glück, dass du bei der Idee nicht mitgespielt hast, euch ein Kind zuzulegen, sagt Mulle. Ein Stückchen hinter den anderen kommen zwei kleine Jungen, mitten in einem Fechtkampf, sie stechen mit abgebrochenen Zweigen nach einander. Ich denke an Mulle und mich, wie wir klein waren, da haben wir immer unsere beiden hellroten Jacken zusammengezippt, wenn der Kindergarten ins Freie ging. Du solltest eine Rede zum Geburtstag meiner Mutter schreiben, sage ich, das ist deine Pflicht, schließlich bist du meine Spindoktorin. Was könnte man denn zu deiner Mutter sagen, sagt Mulle. Meine Mutter sagt, ich jammere immer nur rum, sage ich. Mulle räuspert sich und schaut mich an. Nein, sage ich, ich bin jetzt ein neuer und besserer Mensch. Mulle nickt und sagt, letzten Sommer war es eindeutig schlimmer, jetzt jammerst du nur noch wegen Kingo, sagt sie. Du willst doch wohl nicht für meine Mutter Partei ergreifen, sage ich. Deine Mutter hat immer recht, sagt Mulle, ist das nicht ihr Wahlspruch. Ich nicke. Gut, dann nehmen wir das als Leitmotiv der Rede, sagt Mulle, als roten Faden. Wir setzen uns ins Café beim Eingang zu *Den Gamle By*, Mulle nimmt Notizbuch und Kugelschreiber aus der Tasche. Inventio, dispositio, elocutio, memoria, actio, sagt meine Spindoktorin. Der rote Faden besteht darin, dass deine Mutter immer recht hat, und du streust im Verlauf ein paar humorvolle Geständnisse ein, sagt sie. Und ganz am Schluss, Mulle klatscht in die Hände, sagst du etwas Ergreifendes. Gegensatzpaare machen das Lustige lustiger und das Ernste ernster, sagt meine Spindoktorin. Man kann doch eine Rede nicht auf diese Art und Weise zusammenschustern, sage ich. Das ist die einzige Art und Weise, auf die man eine Rede zusammenschustern kann, sagt Mulle, wenn es nach dir ginge, würdest du nur einfach zusammenhangloses Zeug über irgendwelche Seepferdchen und abstrakte Phänomene absondern, bis alle eingeschlafen sind. Genau darum wird aus Philologen nie was, sagt Mulle.

Am Abend komme ich in deine Wohnung und stelle mich vor dich hin. Du hast Mehl an der Wange, zwei Pizzaböden liegen auf dem Küchentresen. Sind wir ein Paar, frage ich dich. Du lächelst leicht und berührst meine Haare. Meine Mutter sagt, es ist wichtig, die Dinge beim Namen zu nennen, sage ich. Du fragst, was ich denn selbst denke, und schneidest eine Chorizo in Scheiben. Ich denke, wir könnten gegenseitig Anteil an unseren Neurosen nehmen, Zwangsgedanken austauschen und die Leidenschaft vorantreiben, sage ich. Wir werden arm sein, aber kompromisslose Kunst erschaffen und in New York in einem halbverfallenen Loft wohnen. Ohne elektrischen Strom, wir schreiben unbegreifliche Gedichtsammlungen, metapoetische Fragmente mit unendlich vielen intellektuellen Referenzen auf kubanische Philosophen, die es nicht gibt, denn wir wollen uns himmelhoch über Konzepte und Normativität erheben, wir werden zahllose Preise einheimsen und können uns dann weigern, die Zeremonien zu besuchen, da wir an so was schon mal überhaupt nicht glauben. Wir werden gesellschaftskritisch sein und alles Bürgerliche mit Fragezeichen versehen und der Kleinen Seejungfrau im Sommer eine Sonnenbrille aufsetzen und im Winter, wenn es schneit, eine warme Mütze, Hunderte Japaner fotografieren uns, wir küssen uns leidenschaftlich im Blitzlichtgewitter, wir werden Mundharmonika spielen und im Hier und Jetzt leben, um die Welt reisen und mit den Locals aufrichtig Freundschaft schließen, wir werden darüber reden, wie die Backpacker-Kultur die Authentizität verdirbt, wir werden den Begriff des Dänentums problematisieren. Du lächelst mich an, während du Parmesan reibst. Und bevor wir sterben, sage ich, machen wir eine Pizzeria auf, nachts schlafen wir im Steinofen zusammen mit dem weichen Teig, den du bereits in aller Herrgottsfrühe beim Schein des Sonnenaufgangs nach einem aus Urzeiten ererbten Rezept gemacht hast. Unsere Pizzen haben die Form verschiedener grammatikalischer Zeichen, wir schmücken sie mit Parmaschinken und kleinen Flecken Hackfleisch, verbunden durch geschmolzenen Käse, unsere Augen werden glänzen wie zwei Scheiben Salami, wir werden in spontane Gesänge ausbrechen, während wir am Rande der Gesellschaft leben, Knoblauchmarinade herstellen, den Küchenboden fegen und in den Mehlwolken tanzen. Du sagst, das klingt schön.

Es ist der 1. Mai. Mulle und ich sitzen im Botanischen Garten auf einer Decke und trinken Bier. Die Sonne scheint, Mulle ist der Meinung, sie könne Gitarre spielen. So ist der Kapitalismus, brüllt sie, Undank ist der Armen Lohn. Plötzlich sehe ich meine Ex zwischen den Bäumen herumgehen, sie hat ihr Fernglas dabei. Mulle, schau mal, flüstere ich und zeige mit dem Finger hin. Sie spioniert uns nach, sagt Mulle. Ich glaube, sie will Vögel beobachten, sage ich. Mulle sagt, ich soll hingehen und mit ihr reden. Das Machtgefüge hat sich verändert, sagt meine Spindoktorin, jetzt hast du die Chance zu zeigen, dass du die Balance wiedergefunden hast, jetzt ist deine Chance, obenauf zu sein. Mulle hat gerade ihre Masterarbeit über politische Diskurse abgegeben. Abgesehen davon hat man den Anspruch zu erfahren, wenn man ersetzt worden ist, sagt Mulle, jetzt könnt ihr eure Beziehung stabilisieren und auf Augenhöhe kommunizieren. Langsam wandere ich ins Sichtfeld des Fernglases. Sie lächelt und nimmt das Glas von den Augen, bevor sie mich umarmt und fragt, wie es mir geht. Ich erzähle ihr, dass ich einen neuen Schatz habe. Wer ist das glückliche Wesen, fragt sie. Gerade will ich sie für den allzu deutlichen Sarkasmus rügen, da fällt mir ein, dass sie überhaupt nie sarkastisch ist. Ich sage, ich weiß gar nicht, ob ich es jemals schaffe, nicht die Liebste von irgendwem zu sein. Natürlich, sagt sie. Ich bin ja Einzelkind, sage ich, wir sind sehr schwierig. Sie sagt, sie kann gern eine ausführliche Gebrauchsanweisung anfertigen und die zur Verfügung stellen. Können wir jetzt Freundinnen sein, sage ich. Natürlich, sagt sie. Ich meine nicht nur so Facebook-Freundinnen, sage ich, oder Leute, die einander pflichtschuldigst Weihnachtskarten schicken, ich meine echte Freundinnen, wie die, von denen Jodel-Birge singt. Verstehe, sagt sie. Ich nicke und sage, ich bin jetzt nicht mehr melodramatisch und irritierend. Sie sagt, das klingt gut, aber es ist auch nichts verkehrt daran, wenn man einen Sinn für Drama hat. Ich sage, es ist, als ob der Hauptdarsteller gekündigt hätte, und jetzt hätte ich einen neuen eingestellt. Es ist, als wüsste ich plötzlich nicht mehr, in welchem Stück ich mitspiele, sage ich. Glaubst du nicht eher, du bist ein bisschen verwirrt, fragt sie. Manchmal bist du genauer als der genaueste Vergleich, sage ich, wo hast du das her. Ist wahrscheinlich meine einzigartige Wirklichkeitswahrnehmung, sagt sie. Als wir uns gerade kennengelernt hatten, hast du einen Seelöwen nach mir benannt, sage ich, weißt du noch. Sie sagt, das war ein sehr süßer Seelöwe, sie lächelt mir zu. Wir könnten uns Freundschaftshalsketten kaufen mit einem Herzchen-Anhänger, auf dem *best friends* steht, sage ich, weißt du noch, so welche wie Mitte der Neunziger. Das muss nicht sein, sagt sie und dreht mein Gesicht in Richtung des ihren. Du kennst mich besser als jede andere, sagt sie, du bist nur manchmal eine so verflucht schlechte Reklame für dich selbst. Ich sage, mir tut sowohl das leid, was ich gesagt, als auch das, was ich nicht gesagt habe. Ich schaue auf meine Hände. Meine Lebenslinie ist unglaublich lang, meine Liebeslinie in der Mitte unterbrochen. Ich zeige ihr meine Handflächen. Sie nimmt meine Hände zwischen ihre und sagt, alles wird gut.

Seepferdchenmonologe X

Drinnen in der Handfläche gibt es ein Atelier. Ich stehe mitten darin, Pinsel im Haar und Farbflecken auf der Kleidung, umgeben von großen Leinwänden. An den Wänden hängen lange Reihen von Heldenporträts und blicken auf mich herab, oft werde ich an eure Triumphzüge und Errungenschaften erinnert. Ihr seid es, die mit mir all meine Schlachten gekämpft habt, und ihr wart immer auf meiner Seite. Ihr seid eine Guerilla-Armee mit grünen Tarnstreifen im Gesicht, ihr liegt auf der Lauer und verteidigt mich gegen alle Feinde, ihr seid Privatchauffeure mit Limousine, nachdem ich den letzten Bus verpasst habe, ihr seid eine Schar von Korrekturlesern, Brillen auf die Stirn geschoben, die meine sämtlichen Tippfehler entdecken, und ihr seid kleine fette Barockengel mit geblähten Backen, die sich auf meine Schulter setzen und mir ins Ohr flüstern, dass ich das Richtige tun soll. Ihr seid all meine Stichworte, ihr seid mein gesamter Bezugsrahmen, ihr seid Hände, die mir mein Asthmaspray reichen, ihr seid das Licht von den brennenden Feuerzeugen in einem Konzertsaal, auf dessen Bühne ich stehe und singe, und ihr seid geduldige Souffleusen, die meine Repliken flüstern, wenn ich nervös werde, ich begegne eurem Blick in dem kleinen

Verschlag unter dem Bühnenboden, und schon weiß ich, was ich zu sagen habe. Ihr seid die natürliche Grenze meiner Angst, der letzte Halt, bevor die Einsamkeit mich umschließt. Eure Hände sind es, nach denen ich mich recke, ihr seid ein Wald aus ausgestreckten Armen, ihr seid aufgeschlagene Bücher und weit geöffnete Augen. Du warst es, die den Weltfrieden gesichert hat, du knietest in der Garage, Peace-Zeichen in den Augen, und maltest mit großen roten Buchstaben Transparente, du warst eine trotzige Chaosgöttin, die auf dem Rathausplatz Protestsongs sang, du hast mit ein paar raschen Bewegungen das Ozonloch geschlossen, schon war es vergessen. Du warst mein krank gefeierter Montag, du warst Burger-Bars und Besuche auf dem Rummel, eine Rutschbahn, hysterisch kreischend, du warst der Widerhall von sämtlichen Lachanfällen der Welt. Und du da bist eine Pizzeria, in die ich immer gern gegangen bin, vielleicht diese eine kleine, dreckige in der Vestergade, wo der Käse meterlange Fäden zieht zwischen der Pizza und meinen Lippen, und du bist das Lokal, das spätnachts nicht geschlossen hat, während der Kater mich auf dem Heimweg aus der Stadt überfällt, du bist Nummer 34 mit Salami und Hackfleisch und Bacon, du bist es, die ich mit niemandem teilen will. Und du da bist in Reichweite, du bist der rauchspeiende durchgehende Wahnwitz, der sich um meinen Körper windet und langsam, ganz langsam, die Form eines Daseins annimmt. Zehn Sekunden vor jedem Nervenzusammenbruch lasse ich die Blicke über euch schweifen. Alles wird gut, psalmodiert ihr im Chor, du bist gut, wir glauben an dich, und ich betrachte diese Heldenschar und weiß, ihr meint es ernst.

Ich weiß, dass es nichts weiter zu sagen gibt, die letzten Punkte sind endlich gesetzt. Wenn die Raserei sich gelegt hat, wenn die Sehnsucht stiller wird, wenn es keine Tränen mehr gibt, wenn als Einziges nur noch ein großes, laut tönendes Danke da ist. Danke für die Zeit, danke für den Tanz, danke für das Vertrauen, danke für die Gedanken, danke für den Kampf, danke für alles.

Ich sitze bei meinem Vater zu Hause und versuche, ein Geburtstagslied auf meine Mutter zu schreiben. Ich summe einige bruchstückhafte Melodien. *Viel Glück und viel Segen*, sagt die Frau meines Vaters, immer eine sichere Nummer. *Shine On You Crazy Diamond*, sagt mein Vater, Pink Floyd, das ist nie verkehrt. Da kann man kein Lied zu machen, sage ich. Mein Vater schaut beleidigt und geht zum Klavier seiner Frau. Pink Floyd kommt demnächst für einen Auftritt nach Dänemark, sagt mein Vater. Er erzählt, dass meine Mutter in ihrer Jugend wahrscheinlich eine Affäre mit David Gilmour hatte. Meine Mutter ist eine Lustlügnerin, sage ich zu meinem Vater. Ich berichte ihm von unserer Sammelaktion für die Krebshilfe. Er lächelt. Unglaublich, dass sie in meiner Kindheit das Sorgerecht zugesprochen bekommen hat, sage ich, eigentlich ist sie unzurechnungsfähig. Deine Mutter ist ein bisschen verdreht, sagt mein Vater, aber mit ihr wird es wenigstens nicht langweilig. Ich frage ihn, warum er sie tatsächlich immer noch verteidigt, sollte man seine Exfrau nicht eher hassen, sage ich. Die Frau meines Vaters nickt. Ich ziehe mich selbst an den Haaren und schaue auf das Papier. Meine Mutter ruft an und fragt, wo ich stecke. Im tiefen Keller sitz ich hier, sage ich, bei einem Fass voll Reben. Meine Mutter fragt, ob ich die Einladung zu ihrem Geburtstag fertig habe. Ich sage, das Babybild für die Vorderseite habe ich eingescannt, der Text steht aber noch nicht. Sie sagt, mein Vater und ich sind die absolut langsamsten Menschen, die sie kennt. Mutter sagt, wir sind langsam, sage ich zu meinem Vater. Gründlich sind wir, brummt er. Du hast heute Asthma, Schatz, sagt meine Mutter, das höre ich daran, wie du Atem holst. Gräserpollen, sage ich. Gelbe King's, sagt meine Mutter. Ich stöhne. Ich habe achtzehn Jahre lang Kindergeld bekommen, um diese Art Informationen weiterzugeben, sagt meine Mutter. Was reimt sich auf irritierend, sage ich zu meinem Vater, nachdem ich die Verbindung beendet habe. Faszinierend, sagt er, aber jetzt vergiss nicht ganz, es soll ein Lied zum Geburtstag werden.

Mulles Großmutter kreist mit ihrem Rollstuhl umher und plaudert Wahrheiten aus. Von ihrem gigantischen Strohhut reckt sich eine Plastikblume gen Himmel. Ich habe heute elf Komplimente bekommen, sagt Mulles Großmutter, die Leute sagen, meine Kleidung passt gut zusammen, sagt Mulles Großmutter. Mulle erzählt, dass sie zum Bingo im Seniorenclub waren. Mulles Großmutter fragt, ob ich auch finde, dass ihre Klamotten gut zusammenpassen. Ich sage, die Bluse mit Leopardenmuster ist unbedingt eine aufsehenerregende Ergänzung zu dem plissierten türkisen Unterteil. Sie nickt zufrieden. Du riechst nach Knoblauch, sagt Mulles Großmutter, hast du was Ethnisches gegessen. Sie erzählt von ein paar Moslems, die in ihrem Aufgang wohnen. Bei denen läuft immer so merkwürdige Musik, sagt sie, und sie vermehren sich wie die Karnickel, jeden Morgen steht ein neues kohlrabenschwarzes Kind im Hinterhof und schreit. Die Leute müssen anders sein dürfen, sagt Mulle, die Welt ist ein globales Dorf, wir leben ja nicht mehr in den 1930er Jahren. Aber da sind wir beinahe schon, sagt Mulles Großmutter glücklich und blickt über die Häuser aus jener Zeit in *Den Gamle By*. Hier gibt es auch nicht so viele Kopftuchmädchen, ruft sie. Das ist sehr schlecht für deine politische Laufbahn, sage ich zu Mulle. Meine Spindoktorin fragt, wie weit ich mit der Geburtstagsrede für meine Mutter bin. Ich sitze ein bisschen fest, sage ich. Ja, kommt mir auch so vor, sagt Mulle. Meine Mutter sagt, als kleines Mädchen war ich fett, sage ich, stimmt das. Du warst ein sehr pummeliges kleines Mädchen, sagt Mulles Großmutter, du hattest so große runde Wangen, wie Bälle. Ich starre auf ihre leopardengemusterten Arme, die auf meinen Bauch deuten. Und deine Oberarme, wenn man die angepustet hat, oder es ging Wind, dann haben die gewackelt, sagt sie, wie Vanillepudding. Nein, man darf alte Frauen nicht schlagen, sagt Mulle. Ihre Großmutter schaut sie an. Deine Mutter, meine Schwiegertochter, die spinnt völlig, sagt sie zu Mulle und setzt eine große Sonnenbrille auf. Als Mulle noch klein war, war ihre Mutter sehr oft stationär in der Psychiatrie, also hat Mulle längere Zeiten bei der Mutter ihres Vaters gelebt. Mulle blickt ins Gras. Meine Mutter spinnt auch, sage ich und lege Mulle den Arm um die Schultern. Die Hälfte des Gesichtes von Mulles Großmutter ist von dieser großen Sonnenbrille mit Goldrand verdeckt. Jetzt siehst du aus wie Michael Jackson, sage ich zu Mulles Großmutter. Sie schiebt sich die Sonnenbrille auf die Stirn. Der war so nervig, faucht sie, ist rumgehüpft wie ein Affe. Und dann diese Nase, die ganze Zeit kurz vorm Abfallen, sagt Mulles Großmutter, einmal schwarz, immer schwarz, aber wenigstens hat er versucht, so zu werden wie wir. Mein Telefon klingelt, es ist mein Vater. Hallo Kleines, sagt er. Ist Grethe etwa wieder krank, sage ich. Ist das der Pfarrer, flüstert Mulles Großmutter und schiebt ihren Hut etwas zurecht. Mein Vater steht gerade im Elektronikmarkt, da, wo es die Karten für Konzerte gibt. Ich bin Nummer vier in der Warteschlange, sagt er mit keuchender Stimme, es geht um Pink Floyd, sagt er. Ich sage, dass ich den ganzen Vormittag vorm Computer gesessen und versucht habe, im Netz Karten zu kriegen, aber ohne Erfolg. Mein Vater hat das Pfarrhaus zum Hauptquartier der Ticketjagd gemacht, die heute einsetzt. Auf dem Tisch ist eine Karte von Dänemark aufgefaltet, er hat Leute in verschiedenen Landesteilen organisiert, die jetzt vor den örtlichen Musikläden Schlange stehen, und andere Gruppen, die versuchen, telefonisch durchzudringen. Das ist das Problem, sage ich, du arbeitest seit einem Monat an dieser Kampagne. Ich habe um zwei Uhr nachmittags eine Beerdigung, sagt mein Vater, die Homepage für die Tickets ist zusammengebrochen, du musst sofort herkommen und meinen Platz in der Warteschlange einnehmen. Mein Vater klingt verzweifelt.

Mulle und ich rasen hinter dem Rollstuhl her los. Was wird aus meinem Promenadenkonzert, ruft Mulles Großmutter, was seid ihr bloß für Menschen. Wir helfen dem Pfarrer, sagt Mulle zu ihrer Großmutter, er will gern in ein Konzert. Ich auch, faucht Mulles Großmutter. Der Rollstuhl ist wirklich schwer. Vielleicht bist du selbst etwas pummelig, sage ich zu Mulles Großmutter, als wir an der Spanischen Treppe vorbeizischen. Deine Kondition ist miserabel, das ist alles, sagt sie, während sie uns durch die Stadt dirigiert. Ich rufe meine Mutter an und sage, mein Vater braucht Verstärkung. Als wir zu dem Laden kommen, reicht die Schlange bis zur St.-Clemens-Brücke. Wir parken Mulles Großmutter vor dem Geschäft und suchen meinen Vater. Er sieht sehr bekümmert aus. Wirklich unglaublich, dass die Leute immer zum unpassendsten Zeitpunkt sterben müssen, sage ich. Das klappt nie mit den Tickets, sagt mein Vater. Jetzt ist er Nummer sechzehn in der Schlange. Du bist aber auch eine Niete, wenn's ums Drängeln geht, sage ich, was lässt du so viele Leute vor, du bist einfach zu nett. Mein Vater sieht traurig aus. Seit dem Fall der Mauer haben sie *The Wall* nicht mehr gespielt, sagt er betrübt. Er schaut auf die Uhr, dann küsst er Mulle und mich auf die Wange und läuft zum Auto hinaus, in dem seine Frau mit dem Talar wartet. Plötzlich entsteht hinten im Laden Unruhe. Die Schlange wird in zwei Teile gespalten, die Leute treten zur Seite und machen eine Gasse bis zum Verkaufstresen frei. Zwischen ihnen schreitet siegessicher lächelnd meine Mutter hinter dem Rollstuhl mit Mulles Großmutter einher. Ich höre Bruchstücke von dem, was meine Mutter sagt. Es klingt besorgniserregend vertraut. À la, Mulles Großmutter ist dem Sterben nah und will noch ein letztes Mal Pink Floyd hören, bevor sie davon muss. Mein letzter Wunsch, ruft Mulles Großmutter. Höchstens noch ein halbes Jahr, sagt meine Mutter. Und dass man das Leben mit Anstand abschließen solle. Die Leute lassen sie instinktiv durch und rufen, macht Platz. Ich will so gern Pink Flött hören, ruft Mulles Großmutter. Jetzt erfahre ich, dass ihr Mann, Mulles Großvater väterlicherseits, offenbar beim Fall der Mauer umgekommen ist, und die Musik von Pink Floyd erinnert Mulles Großmutter an ihr gemeinsames Leben. Sie hat die Sonnenbrille abgenommen und lächelt mild, mit gefalteten Händen. Meine Mutter stolziert durch die Menge. Als sie endlich ganz vorn stehen, dreht sie sich um und dankt voller Rührung für die Liebenswürdigkeit. Ihr habt eine alte Frau sehr glücklich gemacht, sagt meine Mutter. Die Leute klatschen lächelnd Beifall.

Abends sitzt du in meinem Bett und liest. Ich hingegen sitze vor dem Computer. Ich habe ein Dokument geöffnet, es trägt den Namen Masterarbeit, nur ist es leider leer. Du blätterst in der Zeitung, deine dunklen Locken fallen dir in die Stirn, du schiebst sie immer wieder fast automatisch mit den Fingern beiseite. Du fragst, wie es mit Kingo geht. Du siehst sehr ernst aus, auch wenn du lächelst, als würdest du alle möglichen Geheimnisse hegen. Ich stelle mir vor, dass drinnen in dir ein alter chinesischer Garten ist, in dem hellrote Kirschbäume blühen, Leute sitzen in weiß gestrichenen Teehäusern und plaudern vertraulich miteinander. In meinem Körper geht ein Festfeuerwerk los, ich bereite eine Liebeserklärung vor. Allerdings weiß ich auf einmal nicht mehr, wie man so was sagt. Ich denke, dass ich es dir sehr ernsthaft mitteilen sollte, vielleicht bei Mondschein. Draußen wird es allmählich dunkel, und wie ich sehe, steht der fast volle Mond wie eine glänzende Kuppel über der Domkirche. Ich räuspere mich und beginne mit einem langen Monolog als Einleitung. Du siehst erschrocken aus und fürchtest, ich wollte dich verlassen, ich breche ab und sage nein, nein, es läuft doch wunderbar. Jetzt denke ich, ich sollte es stattdessen mitten in einem Lachanfall sagen, damit es keine Missverständnisse gibt, Liebe ist ja trotz allem was Erfreuliches. Es muss an einem Morgen sein, an dem du in Anekdotenlaune bist und eine von deinen unzähligen Geschichten erzählst, und auf dem Gipfel deines Lachens, genau in der Sekunde, in der ich denke, da wäre ich gern dabei gewesen, genau in der kurzen Schallwelle, wenn unser Lachen sich mischt, da werde ich es sagen. Aber das wirkt wieder zu unseriös, denke ich, nicht tief genug empfunden. Also sollte es in einer Zwischensituation sein, einer Mischung aus Freude und Ernst, vielleicht an einem ganz gewöhnlichen Tag. Ja, ich werde es an einem Abend beim Kochen sagen, vollkommen natürlich: Nicht so viel Chili, gib mir mal die Kokosmilch, ich liebe dich, vielleicht noch etwas Salz, nein, nicht noch mehr Chili, verflucht noch mal, doch, tue ich wirklich, die Spaghettis kochen über, nimm schnell den Deckel ab, ich meine das im Ernst, ich liebe dich. Andererseits wieder wirkt das zu banal und beiläufig. Ich denke, ich möchte es einfach machen: Ich werde dich in einer Tür anhalten, deine Hände nehmen und es dir sagen. Aber was, wenn du mich dann anschaust und sagst, mal langsam, nicht so hastig, bist du betrunken, findest du nicht, du nimmst die Sache zu ernst? Vielleicht lächelst du auch ein klein wenig und sagst, ja, du bist wirklich auch sehr süß, und dann wechselst du schnell das Thema, redest zum Beispiel über einen Artikel, den du kürzlich gelesen hast, in dem es um Verunreinigungen der Kläranlage geht, oder du sagst, du holst mal schnell Zigaretten am Kiosk, und danach kommst du nie wieder zurück. Oder aber du wiederholst meine Worte einfach mit der größten Selbstverständlichkeit, fast ohne Pause, falls du denkst, ich hätte es gesagt, damit du es auch sagst, und du denkst nicht mal nach, ob die Aussage zutrifft, bevor du es sagst, denn du willst eine unangenehme Situation umgehen oder willst vermeiden, dass ich es bereue, das wäre natürlich rücksichtsvoll, aber auch grenzenlos demütigend. Ich räuspere mich und sage, es gibt da was, das mir gar nicht leicht fällt zu sagen. Du legst die Zeitung beiseite und schaust mich mit deinem typischen Blick an. Du hast Buchstaben in den Augen und Druckerschwärze an den Fingern. Strategy – tragedy, so gut wie unmöglich. Du nickst langsam. Vor allem, wenn man versucht, es öfter hintereinander zu sagen, sage ich, das kann nur schiefgehen. Strategy – tragedy, eigentlich kann man es gleich sein lassen. Du redest über Textstruktur und deutest auf meinen Schreibtisch. Ich finde das wirklich unangenehm, warum bist du so konkret, sage ich. Wir reden etwas hin und her über Literaturlisten und Textbausteine. Mitten in der Darlegung der Problemstellung schlafe ich ein, du hingegen bleibst an meinem Computer sitzen und recherchierst in verschiedenen Büchern. Ich kann hören, wie du in der Literaturgeschichte blätterst und leise Selbstgespräche führst. Als du dich endlich neben mich legst, spüre ich, dass du ein Fußballtrikot aus Synthetikstoff trägst, ich glaube, es ist das blaue, auf dem Pelé steht. Du streichst mir das Haar vom Ohr und kuschelst dich dicht an mich. Strategy – tragedy, flüsterst du, dann schlafe ich wieder ein.

Seepferdchenmonologe XI

Drinnen in der Kehle ist eine Kathedrale, und in ihr sind die Worte versteckt. Meine Stimmbänder sind mit einer Schleife zugebunden, aber ich will sie finden, die Wörter, nach denen ich immer suche. Ich liebe dich, flüsterte ich eines Nachts, als ich sechzehn war, und zweifelte doch immer, ob es vielleicht nur ein Gedanke war. Aber das Gesagte hallte von den Wänden wider, es klang wie Donner, bis du es wiederholtest. Und auf einmal war es nur umso wahrer, denn der Gedanke wurde laut und wurde dieser Satz, der für einen kurzen, neonbunten Augenblick vibrierte. Du saßest mit deiner Gitarre auf dem Rasen unter der Kastanie, die Glöckchen in deinen Zöpfen klingelten, du wolltest die Welt verändern, ich glaube, du versuchst das heute immer noch. Darum sind Löcher in allen Gitarren auf der Welt, sagtest du, Resonanzraum, der Ton wird von der Luft verstärkt. Diese drei Wörter verbinden euch alle, euch, die stets zurückgekehrt sind, diejenigen, die ich nur kurz gekannt habe, dich, die du langsam verschwunden bist, und dich, die nach einem Augenblick schon weg war. Sie sitzen in meiner Kehle fest, sie hallen in einer Kathedrale, diese drei Wörter, sie sind Spielzeug und Überraschungen und Schokolade, sie sind die Dreieinigkeit, an die wir glauben. Drei kleine, zu einem Satz versammelte Wörter, diese Töne binden zwei Menschen unlösbar aneinander, sie sind Anfang und Ende und lange, langweilige Zeiten, sie sind Vorwort, Erzählung und Nachschrift, sie sind die erste schiefe Note, die angeschlagen wird, und der letzte, verhallende Nachklang, sie sind Free Jazz und Refrain eines Popsongs, unendlich moduliert, sie sind die kürzeste Sinfonie der Welt, sie sind ein gigantischer Gospelchor, der in einer Kathedrale steht und seine Freude in die Welt hinausposaunt.

Mulle und ich haben einen Kater, wir sitzen auf meinem Bett und schauen *Der einzig Richtige*. Ich sage, so, wie die Leute verschiedene Namen haben, müsste es auch exklusive, mit diesem Namen verbundene Liebeserklärungen mit neuen Bedeutungen geben. Dann könnten die früheren Erklärungen in Frieden stehen bleiben und leuchten, sage ich, sie könnten für ihre eigene Dauer wahr sein und bleiben. Humanwissenschaftler haben so viele Probleme, stöhnt Mulle. Auf diese Weise könnte eine neue Liebeserklärung zu einer eigenen Wahrheit werden und nicht nur zu einem Echo aus der Vergangenheit, sage ich, einem Echo von Gesichtern, die mit diesen selben Wörtern verbunden sind. Ich sage, ich weiß nicht mehr, wie man *Ich liebe dich* auf die richtige Weise sagt. Mulle sagt, ich solle mir einfach vorstellen, ich wäre eine Alkoholikerin und würde meine erste Sitzung bei den anonymen Alkoholikern besuchen. Man muss es sofort laut sagen, sagt Mulle, dann begreift man es erst richtig, und beim nächsten Mal fällt es schon leichter. Aber was, wenn es eine peinliche Stille gibt, nachdem ich es gesagt habe, sage ich. Mulle nickt und setzt ihre Brille auf. Sie sagt, Liebeserklärungen gehören zu den Aussagen, die das stärkste Machtgefälle schaffen. Auf ihre Weise stellen sie einen Machtverzicht dar, sagt sie, auf der anderen Seite aber zwingt man den

Adressaten in eine unfreiwillige Empfängerposition, und so bleibt man selbst in der Rollendynamik überlegen. Ich nicke und zünde mir eine Zigarette an. Meine Spindoktorin schlägt vor, ich solle so tun, als würde ich es im Schlaf sagen. Mulle legt sich auf mein Bett und schließt die Augen. Ich liebe dich, flüstert sie undeutlich und schnarcht ein wenig. Dann richtet sie sich wieder auf und sieht mich an. Falls es keine Antwort gibt, sagt sie, strampelst du nur einfach ein bisschen mit den Beinen und tust so, als würdest du träumen. Vielleicht könnte ich es in einer anderen Sprache sagen, antworte ich. Oder du singst es, sagt Mulle, wie Whitney Houston in *Bodyguard*. Du siehst so viele schlechte Filme, sage ich. Mulle sagt, sie sieht sie zusammen mit mir, also gilt dasselbe für mich. Wenn ich schlechte Filme sehe, heißt das camp, sage ich, denn ich verhalte mich zur Populärkultur kritisch untersuchend. Es klingelt an der Tür. Das ist Niller wegen der Küche, seufzt Mulle.

Draußen steht der Mann meiner Mutter. Meine Mutter hat ihn gebeten, bei mir vorbeizuschauen und den Abfluss in der Küche zu richten. Mulle und ich besprechen, welche Sprache sich am besten für Liebeserklärungen eignet. Albanisch, sagt der Mann meiner Mutter, *te dua*. *Te dua*, das klingt ja so leicht, sagt Mulle, te dua, tu das, was du am besten kannst, so machen wir das. Zu simpel, sage ich, es sollte etwas feierlicher klingen. Kambodschanisch, schlägt die Stimme unter der Spüle vor, *soro lahn nhee ah*. Das klingt eher wie ein Ausatmen oder Gähnen, sagt Mulle, das geht nicht, das kann sie höchstens abends sagen. *Bahibak*, sagt der Mann meiner Mutter und hämmert an den Rohren herum, das ist libanesisch. Sehr rhythmisch, das swingt richtig, sagt Mulle und trommelt mit den Fingern auf die Spüle, klingt fast wie in ein paar rasche Herzschläge, sie legt mir die Hand aufs Herz. *Ba-hi-bak, ba-hi-bak*, sagt sie im Takt. Zu überschwänglich, sage ich, es klingt eher wie etwas, das man ruft, wenn man sich zuprostet oder ein frohes neues Jahr wünscht, nicht feierlich genug. Der Mann meiner Mutter steckt den Kopf unter der Spüle hervor und blickt mich resigniert an. Er hat kleine Wassertropfen in den grauen Haaren. Gälisch, sagt er, *ta gra agam ort*. Mulle schüttelt den Kopf, das hat zu viel von einer Zauberformel, sagt sie. Ich nicke. Hexentrank und Liebessaft, Fledermausflügel, Schmetterlingsknöchlein, Spinnenblut, und dann noch ein Tröpfchen *ta gra agam ort.* Geht nicht, sage ich. Der Mann meiner Mutter rappelt sich hoch, dreht den Wasserhahn auf und schaut unten nach den Rohren. Er nickt zufrieden. Ich hole drei Bier aus dem Kühlschrank, und wir prosten uns zu. *Bahibak* und danke für die Hilfe, sage ich. Einen halben Kasten Bier später sind wir bei Mandarin angelangt. *Wo ai ni*, sagt der Mann meiner Mutter. Das klingt zu sehr nach einem Abzählreim für Kinder, sage ich. Mulle findet, das ähnelt einer von unseren Übungen im Lesebuch, als wir in der Grundschule die Vokale lernen sollten. Eine Zeit lang sagen wir nichts. *Negligevapse*, ruft der Mann meiner Mutter auf einmal, *negligevapse.* Das klingt schön und entspannt, sagt Mulle, fast glücklich. Fünf Silben, drei Vokale, neun verschiedene Buchstaben, gute Möglichkeiten für Anagramme, sage ich. *Negligevapse* ist nur ein einziges Wort, sagt Mulle, das ist über hierarchische Strukturen erhaben, denn es etabliert kein Verhältnis von Geben und Nehmen. Welche Sprache ist das, frage ich. Das ist Inuit, sagt der Mann meiner Mutter. Reden das die Sinusiten, frage ich. Sinusiten sind Infektionen in einer oder mehreren der Nasennebenhöhlen, sagt der Mann meiner Mutter. Kinder mit rezidivierenden Sinusiten leiden häufig unter dem Kartagener-Syndrom, sagt der Mann meiner Mutter, das mit einem situs inversus einhergehen kann, also mit spiegelverkehrt angeordneten inneren Organen. *Negligevapse, negligevapse*, singt Mulle.

Negligevapse, flüstere ich dir am nächsten Morgen ins Ohr. Du schlägst die Augen kurz auf, bevor du wieder einschläfst. Ich rufe Mulle an und sage, das scheint genau das richtige Wort zu sein. Als du ein paar Stunden später aufstehst, sagst du, in deinem Hirn ist heute nur Matsch. Große weiche, matschige Flächen, sagst du und reckst dich. Du sagst, im Spätsommer willst du bis auf die Insel Fyn wandern, einfach nur deinen Gedanken nachhängen und Grashalme und Mohnblüten fotografieren, bis du angekommen bist. Die ganze Strecke willst du einen alten blauen Kinderwagen vor dir herschieben. Darf ich da drin sitzen, sage ich. Vielleicht, sagst du. *Negligevapse*, sage ich. Okay, okay, sagst du, dann ist das abgemacht. Ich probiere das Kleid für den Geburtstag meiner Mutter an. Du befühlst den Stoff und sagst, du hast den Vogel abgeschossen. *Negligevapse*, sage ich und schaue weg. Aber gar nicht, es ist wirklich schön, sagst du. Ich hänge es auf einen Bügel und denke über meine Rede nach. Du machst Kaffee, ich hole Zimtschnecken, sage ich, es lebe das Teamwork. Auf dem Weg zum Bäcker summe ich vor mich hin, *negligevapse*, singe ich, es passt überall. Wenn du mich in der Kneipe zum sechsten Mal beim Würfeln im Mäxchen geschlagen hast und dein triumphierendes Lächeln einfach nicht unterdrücken kannst, werde ich die Arme ausbreiten und *negligevapse* stöhnen, und du wirst sagen, nimm's nicht so schwer, es ist ja nur ein Spiel, und wenn wir durch den morgendlichen Verkehr radeln und du sagst, ich würde wie eine Psychopathin fahren und ob ich mir nicht endlich einen Helm kaufen kann, dann erwidere ich deinen bekümmerten Blick und fahre noch schnell bei Rot durch, um mich dann umzudrehen und so laut *negligevapse* zu schreien, dass die ganze Tordenskjoldsgade wackelt, und dann sagst du, so war es nicht gemeint, aber du würdest mich noch ein paar Jahre behalten wollen, darum geht es. Wenn du den Fernseher anschreist und mit der Faust auf den Tisch schlägst, werde ich etwas leidend *negligevapse* sagen. *Negligevapse*, werde ich versöhnlich sagen, und du wirst sagen, das kannst du auf gar keinen Fall, wenn Contador sich dopt, und der Fahrradsport ist nicht mehr das, was er mal war. Bei anderen Gelegenheiten werde ich es ziemlich leise murmeln, du wirst von deinem Buch aufschauen, halb liebevoll und halb verärgert wegen der Störung. Wir kaufen ein, wir fahren Rollschuh, wir trinken Kaffee in Münzwaschsalons, wir spielen im Bus Ich sehe was, das du nicht siehst, wir bauen Sandburgen am Wasser, wir küssen uns auf Ampelkreuzungen und leihen Videos aus und bauen in den Grillbars kleine Türmchen aus Pommes Frites. *Negligevapse*, sage ich. Eines Nachmittags, als du dich etwas langweilst, willst du *negligevapse* im Wörterbuch der dänischen Gegenwartssprache nachschlagen und danach in einem meteorologischen Lexikon, wirst aber keine Erklärung finden. Auf deiner Stirn zeigt sich eine Falte, du kratzt dich am Kinn, rufst deinen Vater an und bittest ihn, es in seinem Lexikon nachzuschlagen.

Dein Vater wird hochentzückt sein über die Gelegenheit, das Lexikon zu preisen und zugleich verschiedene Schwächen der modernen Technologien anzuprangern. Du wirst die Augen halb schließen und tief durchatmen und diktieren, *ne-gli-ge-vap-se*. Dein Vater wird unendlich herumblättern, du hörst durch das Telefon die Seiten rascheln, er setzt seine Brille auf und blättert immer hektischer. Die Falte auf deiner Stirn wird über den Kleinen Belt hinweg die Stirn deines Vaters treffen, er wird sich am Kinn kratzen und sagen, mit diesem Wort da stimmt irgendwie was nicht, am Lexikon kann es jedenfalls nicht liegen. Du bist dann so richtig stur und weigerst dich, mich zu fragen, was *negligevapse* bedeutet, du fertigst stattdessen kleine Diagramme an und zeichnest Schaubilder, wie oft und in welchen Situationen ich *negligevapse* sage. Spät nachts sitzt du dann mit deinen Buntstiften da und versuchst, Bedeutungen herauszulesen, doch langsam versiegt dein Interesse, bis du glaubst, das ist nur so ein Geräusch, das ich zu passenden und unpassenden Gelegenheiten von mir gebe, vielleicht ein Bruchstück aus einem Song, in meiner Erinnerung entstellt, und so wirst du nie erfahren, dass es sich um eine wiederholte Liebeserklärung handelt. Irgendwann sagst du es selbst, erst im Scherz, um mich nachzuäffen, wie du es immer tust, wenn du findest, ich benehme mich albern, später dann in regelmäßigen Abständen, denn wir übernehmen allmählich Wörter und Wendungen voneinander, und so sagen wir dann *negligevapse* zueinander, wann immer es uns einfällt.

Das ist ja lange her, sagt mein Arzt, als ich zur Tür hereinkomme. Ich sage, ich bin eine tickende Dopamin-Bombe und kann jederzeit hochgehen. Mein Arzt sagt, ich sehe froh aus. Mit einem Blick auf den Trauring meines Arztes frage ich, ob er an die ewige Liebe glaubt. Er sagt, was dem am nächsten kommt, ist Zuneigung, denn die wird in denjenigen Hirnregionen produziert, die von Gefühlen gesteuert werden, nicht von primitiven Trieben. Und wann entsteht Zuneigung, frage ich. In dem Maß, wie die Ausschüttung von Dopamin und damit das konstante Glücksgefühl sich abschwächt, wird es durch das Hormon Oxytocin ersetzt, sagt mein Arzt. Das ist doch auch ein Fleckentferner, sage ich, löst den Schmutz, schont die Farben. Er schüttelt den Kopf, nein, das ist ein Hormon, das von der Hypophyse ausgeschüttet wird, sie hängt an einem Stiel unter dem Gehirn, mitten im Schädel. Die Liebe baumelt an einem Haken im Hirn, aha, sage ich, wie beunruhigend. Eigentlich bin ich aber begeistert. Sie ist eine kleine leuchtende Glocke, eine Fledermaus, die kopfunter an einer Telefonleitung schläft, sie ist die Hülle einer toten Fliege in einem Spinnennetz. Ein Regentropfen an einer Wäscheleitung, eine Träne an einer Wimper, sie ist ein Sommerhut auf einem stummen Diener, sage ich. Jedenfalls, sagt mein Arzt, erhöht das Oxytocin die Reizempfänglichkeit der Nerven und bewirkt eine Kontraktion der Muskelzellen. Also entscheiden zufällige Muskelkontraktionen über unsere Fähigkeit, mit einem anderen Menschen dauerhafte Bindungen einzugehen, sage ich. Oder mit Tieren, ergänzt mein Arzt, Feldmäuse bilden Partnerschaften auf Lebenszeit, weil sie extrem hohe Mengen an Oxytocin produzieren. Das Hormon sichert die Fähigkeit, monogame Beziehungen zu führen. Ich weiß nicht, ob ich dauerhafte Bindungen mit irgendwem eingehen kann, sage ich, was braucht man dafür, dass das glückt. Auch bei Menschen erhöht ein gesteigertes Oxytocin-Level bei beiden Partnern die Möglichkeit, dass sie zusammen bleiben, sagt mein Arzt und dreht ein wenig an seinem Trauring. Also Leute, die für Dopamin sorgen, sind nicht unbedingt dieselben, die Oxytocin auslösen, sage ich. Etwas bedauernd schüttelt er den Kopf. Ungefähr einmal alle hundert Jahre kann es passieren, dass beides zusammenfällt, sage ich. Mein Arzt pflichtet mir bei. Er erzählt, dass einer Untersuchung zufolge eines von zehn Paaren noch nach vielen Jahren imstande ist, dieselben chemischen Verbindungen im Kopf zu erzeugen wie frisch Verliebte. In geglückten Beziehungen verlieben beide Partner sich nach demselben mentalen Muster wie Schwäne, sagt er. Sag niemals immer, sage ich, man kann sich keiner Sache jemals völlig sicher sein. Nur in der Naturwissenschaft, sagt mein Arzt und berichtet von einer anderen Untersuchung an glücklichen Ehepaaren, die seit mehr als zwanzig Jahren zusammen waren. Wenn den Partnern Bilder des anderen gezeigt wurden, schütteten sie laut fMRI-Scan dieselbe Dosis glückserzeugendes

Dopamin aus, wie sonst nur in der frühesten Phase der Verliebtheit. Ist das ein endgültiger Beweis dafür, dass es die Liebe gibt, frage ich. Mein Arzt nickt lächelnd und versichert mir, dass kein Mensch bei einem Gehirnscan schummeln kann.

Meine Mutter wird am Samstag sechzig. Wir sitzen in ihrem Sommerhaus in Amtoft und bereiten die Blumendeko für die Tische vor. Vor mir liegt ein Berg aus hellroten und weißen Rosen. Meine Mutter ist fröhlich und lacht in die Sonne. Sie fuchtelt mit den Armen und redet in einem fort darüber, wie schön es sicher wird. In ihren Gestecken sitzen die Blumen kreuz und quer, die kleine Plastikfigur in der Mitte, die entfernt meiner Mutter ähnelt, droht herunterzufallen. Wo hast du die her, sage ich, als Plastikfigur kommst du wirklich gut. Meine Mutter sagt, das sind eigentlich Figuren für Hochzeitskuchen, aber die Bräutigame hat sie abgesägt. Acht einsame Plastikmännchen liegen bei ihr im Müll. Es ist schließlich mein großer Tag, sagt sie. Meine Mutter fragt, ob ich ein Lied auf sie geschrieben habe. Eine Rede würde auch genügen, jetzt, wo du so viel Zeit in deine Masterarbeit investierst, sagt sie. Sie blickt verständnisvoll. So was hast du schnell zusammengebastelt, Schatz, du bist ja so tüchtig mit Sprache. Sie geht in die Küche und holt für mich eine Liste mit ein paar Stichworten. Ich weiß ja, wie wenig Zeit du hast, sagt sie. Ich sehe auf das Blatt. Ja, nur so als Anstoß, sagt meine Mutter, du brauchst ja nicht alle zu verwenden, aber das mit dem Hund damals sollte schon vorkommen. Die Punkte auf dem Blatt sind in chronologischer Reihenfolge angeordnet. 1954 warst du drei Jahre alt, sage ich, da war ich noch nicht mal auf der Welt. Die Geschichte habe ich doch schon tausendmal erzählt, sagt meine Mutter, die mit der Mandel im Milchreis. Meine Mutter hebt an, die Geschichte mit der Mandel im Milchreis zu erzählen. Sie hatte vier Schwestern, sie wohnten auf einem Hof in Himmerland. Die ersten drei Jahre ihres Lebens hatte sie unablässig davon geträumt, einmal zu Weihnachten die Mandel im Milchreis zu finden. Ich klebe meine Mutter mit einem Stückchen Ton mitten zwischen die Rosen. Ich war ja daran gewöhnt, alles mit meinen Schwestern teilen zu müssen, erzählt meine Mutter, die Vorstellung, diese Mandel ganz für mich allein zu haben, war einfach das Größte. Ja, ich glaube, das hast du schon mal erwähnt, sage ich. Meine Mutter berichtet, wie sie dann die Mandel fand. Und ganz ohne zu schummeln, Schatz, nicht wie dein Vater, der dir immer die Mandel auf den Teller bugsierte. Solche Privilegien gibt es nur für Einzelkinder, sagt meine Mutter. Ich nicke. Katzenzungen, sagt meine Mutter verträumt, Großmutter hatte die gekauft, gleich nach dem Krieg, da war kaum Geld im Haus. Neun Jahre nach dem Krieg, sage ich. Auf jeden Fall war ich ein sehr freigebiges kleines Mädchen, sagt meine Mutter. Also hast du die Schokolade mit deiner ganzen Familie geteilt, und als du fertig bist, ist die Schachtel leer, fahre ich fort. Genau, sagt meine Mutter lächelnd, du weißt es so genau, als wärst du dabei gewesen. Kann Tante Lise nicht diese Rede halten, sage ich, das würde authentischer wirken. Meine Mutter sagt, ich bin schwierig, im Grunde versucht sie, mir zu helfen, und abgesehen davon ist sie der Meinung, dass diese Geschichte ihre Persönlichkeit wunderbar zum Ausdruck bringt. Ich überfliege die Liste weiter, für 1970 steht da Sonnenschein-Prinzessin in Nordjütland. Aber bei dem Wettbewerb hast du doch irgendwie geschummelt, frage ich, jedenfalls sagt Tante Bente das. Unsinn, die ist nur neidisch, sagt meine Mutter, ich kann mich an keine Schummelei erinnern. Die Erinnerung ist ein kreativer Prozess, der auf der Fähigkeit gründet, Situationen wieder zu erschaffen, sage ich, was aussieht wie tatsächlich Stattgefundenes, ist also in Wirklichkeit konstruiert. Das habe ich meiner Schwester Bente auch gesagt, aber du weißt ja, wie sie ist, wenn sie sich erst mal was in den Kopf gesetzt hat, sagt meine Mutter. Ich suche auf der Liste nach dem Jahr meiner Geburt. Da habe ich dich gekriegt, sagt meine Mutter, das war der schönste Tag meines Lebens. Ich kann mich doch nicht an deinem Geburtstag hinstellen und sagen, dass ich das Schönste in deinem Leben bin, sage ich. Jetzt mal nicht so bescheiden, sagt meine Mutter, sonst bringt man es in der Welt zu nichts. Ich lese die einzelnen Punkte und stelle fest, dass es auf der Rückseite weitergeht. Das ist ja genug Stoff für ein ganzes Buch, sage ich. Das wäre natürlich auch eine Möglichkeit, sagt meine Mutter.

Seepferdchenmonologe XII

Auf der Haut befindet sich ein Chaos unsichtbarer Gemälde. Eines Morgens habe ich mal überlegt, wie ich aussehen würde, wenn deine Hände Spuren hinterließen. Wenn von deinen Fingern Streifen oder gestrichelte Linien ausgingen, kleine Punkte, die Muster auf meinem Körper bildeten. Ich überlege, wie es wäre, wenn alle, die mich jemals berührt haben, statt einer Nummer oder eines Namens oder einer Erinnerung eine Farbe bekämen. Dann wäre mein Körper ein bunt strahlendes Gemälde, ich wäre ein wandelnder Regenbogen aus Nähe, ein Acrylgemälde aus Berührungen. Ich denke, ich bin eine ganz und gar mit Graffiti besprühte Unterführung, ihr steht alle miteinander in diesem Durchgang, die Hände voller Spraydosen, und hinterlasst eure Signaturen an meinen Wänden. Ich überlege, ob ich auch in anderen Menschen herumlaufe, ob ein kosmischer Austausch von Intimität stattfindet. Deine Finger auf den Tasten des Klaviers sind behutsam, Haut trifft auf Elfenbein, die Musik fließt in den Raum. Beim ersten Mal haben wir beide so gezittert, dass unsere Zähne zusammenstießen. Die Intensität war so ungewohnt, dass alles in uns ineinander stürzte. Meine Hand an deinem Hals zitterte, aber dein Hals zitterte ebenso, es war unmöglich festzustellen, wer von uns welche Bewegungen beim andern hervorrief. Ich verstehe dich wie einen Phantomschmerz, ich spüre die Summe von all deinem Verzeihen und die Schwere deiner Resignationen wie Wiederholungen auf meinem Körper, während ich an einstürzende Kartenhäuser denke, zerstörte Ruinen und geplatzte Luftschlösser. Ich stelle mir vor, ihr wäret Tattoos, die ihr mit unter die Haut gestochen habt, langgestreckte chaotische Tattoos, die meinen ganzen Körper bedecken. Ich trage eure Erinnerungen an Vergangenheit und Kindheit in mir, denn drinnen in meinem Seepferdchen sind Hunderte anderer Seepferdchen, und ich schleppe eure gesammelten Schmerzenspunkte und Lachanfälle mit mir herum, bei jeder einzelnen Bewegung.